Walt Disney Lustiges Taschenbuch

CRIME 3

D1996636

IMPRESSUM © Disney Enterprises, Inc. 2019, Walt Disney Lustiges Taschenbuch Crime erscheint sechsmal im Jahr bei Egmont Ehapa Media GmbH, Alte Jakobstraße 83, 10179 Berlin I **Geschäftsführer** Klaus Thyge Hoeg-Hagensen I **Global Creative Director** Peter Höpfner (v.i.S.d.P.) I **Marketing & Kooperationen** Jörg Risken (Publishing Director) j.risken@egmont.de, Christoph Bergholz (Senior Product Manager) c.bergholz@egmont.de I **Redaktion** Johanna Hölzler I **Druck** GGP Media GmbH, Karl-Marx-Straße 24, 07381 Pößneck I **Anzeigenverkauf** Klaus Thyge Hoeg-Hagensen (verantwortlich) I **Head of Media Sales** Dirk Eggert I **Freie Mitarbeiter dieser Ausgabe** Manuela Buchholz, Petra Müller, Gudrun Smed, Susanne Walter (Übersetzungen), Sigi Hepner, Ursula Ries, Steffen Uzler (Grafik), Michael Bregel, Kai Richter (Lektorat) I **Kontakt Walt Disney Publishing** Susanne Michels I Die Redaktion arbeitet auf Grundlage der neuen amtlichen Rechtschreibregeln und hält sich bei Auswahlfällen an die vom Duden bevorzugte Schreibweise. I

www.lustiges-taschenbuch.de
www.egmont-mediasolutions.de
www.ehapa.de

EGMONT
Ehapa Media

SERVICE-BOX

LTB im Abo – www.egmont-shop.de/ltbabo

Leserservice Lustiges Taschenbuch Crime Leserservice, 20080 Hamburg, E-Mail: info@egmont-service.de, Tel. 030-99194680, Fax 030-99194681 (reguläre Gesprächsgebühren für einen Anruf im deutschen Festnetz gemäß Ihrem Anbieter und Tarif)

LTB Crime verpasst?
www.egmont-shop.de/ltb-crime

Wo gibt es LTB Crime am Kiosk?
www.mykiosk.com

LTB Crime als eComic?
Erhältlich z. B. im AppStore, bei Google play, Amazon etc.

Viele weitere tolle Comic-Angebote:
www.egmont-shop.de

INHALT

NEUE FÄLLE

5 **Irrfahrt auf der Flucht**
(Deutsche Erstveröffentlichung)

39 **Kreuzfahrt mit Glück**
(Deutsche Erstveröffentlichung)

62 **Die unfassbaren Panzerknacker: Langfristige Pläne**
(Deutsche Erstveröffentlichung)

63 **Das Geheimnis des Grafen**
(Aus: Walt Disney EIN FALL FÜR MICKY Nr. 12)

123 **Gerangel um die Beute**
(Aus: Walt Disney LUSTIGES TASCHENBUCH Nr. 399)

139 **Der Coup des Sommers**
(Deutsche Erstveröffentlichung)

169 **Kommissar de Mauss: Das gestohlene Geheimnis**
(Deutsche Erstveröffentlichung)

192 **Arbeitswut tut selten gut**
(Deutsche Erstveröffentlichung)

204 **Spione wie wir!**
(Aus: Walt Disney LUSTIGES TASCHENBUCH Nr. 347)

234 **Ein Fall für Wachtmeister Karlo**
(Deutsche Erstveröffentlichung)

266 **Duck'scher Geheimdienst: Das Anti-Gold-Serum**
(Deutsche Erstveröffentlichung)

297 **Zwei Fälle auf einen Streich**
(Deutsche Erstveröffentlichung)

EDITORIAL

LIEBE FREUNDE,

haltet Lupe und Detektiv-Mütze gut fest, denn die Verbrechen, die sich in Entenhausen abspielen, verlangen höchst präzise Kriminalistenarbeit, um aufgeklärt werden zu können. Im ersten Fall schlägt sich ausgerechnet der bekannte Mäuserich mit der gewohnt weißen Weste auf einer Irrfahrt durch die Lande, um vor der Polizei zu fliehen. Doch warum ist der Saubermann Micky Maus zusammen mit Gauner Kater Karlo aus dem Gefängnis ausgebrochen und bildet mit seinem eigentlichen Erzfeind ein so gutes Team?

Und es wird noch absurder: Kater Karlo – dein Freund und Helfer!? Der ewige Kriminelle hängt nach einem Juwelenraub die Brechstange an den Nagel und legt dafür die frisch gebügelte Polizeiuniform an. Dass er mal auf der anderen Seite der Gitterstäbe steht, hätte er wohl selbst am wenigsten erwartet!

Ein unerschütterlicher Held Entenhausens ist und bleibt Phantomias. Die Bekämpfung des Verbrechens ist sein größtes Ziel, und deshalb unterstützt er selbstredend die Ermittler des Entenhausener Detektivklubs. Sei es bei der Verleihung der „Goldenen Lupe“ oder bei der Motivation der scharfsinnigen Spürnasen. So auch, als Hubert Bogart an seinem löffelscharfen Verstand zweifelt und am liebsten alles hinschmeißen würde. Das kann der maskierte Rächer nicht zulassen. Bogart ist zwar selbst eine ganz harte Nuss, doch mit Phantomias‘ Unterstützung wird es für Diebe und Ganoven wirklich eng ...

Detektive werden zu Schurken, Diebe zu Gesetzeshütern und Helden zu Hehlern – in Entenhausen schläft das Verbrechen nie!

Viel Nervenkitzel wünscht

die LTB-Redaktion

Irrfahrt auf der Flucht

Created 2013

Tito Faraci (Story), **Marco Gervasio** (Zeichnungen)

KLANG
Geschafft! Jetzt kann jeder wieder seiner Wege gehen.
Für einen Moment dachte ich, meiner führt ins Krankenhaus.
Wieso denn? Hab doch gesagt, dass ich fast immer genau treffe!
Eben! Du sagtest „fast“…
Tut mir leid, aber ich kann nun einmal nicht gut lügen.
Natürlich nicht. Wie konnte ich das nur vergessen…
Schade, dass der Querkopf hierbleiben muss. Er ist die Wucht.

Unsere Teamarbeit aber auch. Daher sollten wir sie fortsetzen. Denk nur mal daran, wie wir den Wärter schlafen gelegt haben…
Ich wäre bei der Geschichte von der Hochzeit deines Vetters auch beinahe eingenickt.
Aber dann habe ich dich in die Freiheit gezerrt.
Sogar buchstäblich.
Okay! Solange du mir nicht dazwischenfunkst, sind wir ein Team.
Und da ist noch etwas, das mir nicht passt. Seit du im Knast aufge…
Ist ja gut. Ich bin doch auf deiner Seite.
Was hältst du davon, wenn wir uns passende Kluft suchen?
Gute Idee. In Streifen sehe ich übergewichtig aus.

Es ist eine Schande, Herr Direktor!
Sie haben ihn entkommen lassen, bevor Sie sein Geständnis hatten.
Beruhigen Sie sich, bitte.
Ich habe meine besten Männer auf den Fall angesetzt. Sie werden die Spur der beiden Flüchtigen finden und sie festnehmen.
„Der beiden“?
Er ist mit jemandem ausgebrochen, der ein Fahrrad gestohlen hatte. Bei uns ist das ein schweres Vergehen.
Nicht so schwer wie der Raub einer Ladung Goldbarren, die für meine Bank bestimmt waren.
Nur Kater Karlo kennt das Versteck. Und mich, Poldi Züklob, führt niemand an der Nase herum! Niemand!

WUMMER
WUMMER
WUMMER
Tag, Trudi! Ich habe eine Margerite für dich.
HÄMMER
HÄMMER
HÄMMER
Wie schön! So eine hat mir noch gefehlt.
Musst du gleich schnippisch werden? Ich meine es doch nur gut.
Oh, klar!
WUMMER
Bei zehn Kisten mit Goldbarren bist du sicher nicht der einzige, der es gut mit mir meint.

Du ahnst nicht, wie weh mir deine Worte tun.
Wenn du nicht verduftest, tue ich dir damit weh.
Benötigst du meine Hilfe, Trudi?
Ich kam zufällig vorbei, und…
Plattnase! Du also auch.
Ein Galgenvogel kommt selten allein.
Ich könnte beleidigt sein, aber das verkneife ich mir mal.
Du bist ja nur krallig, weil du die Gefahr abwenden willst, in die dein Katerchen dich gebracht hat.

Aber da musst du wirklich nicht allein durch.
Cool!
Stimmt. Ich werde mir einen Goldfisch kaufen.
Das sind nette Tiere. Ich hatte mal einen, aber der ist gegangen… ohne auch nur ein Wort.
!
Ich warte lediglich darauf, dass mein Katerchen zurückkommt. Eure Gesellschaft brauche ich dabei nicht.
Zudem, selbst wenn ich wüsste, wo das Gold versteckt ist, würde ich es euch nicht sagen.
Du, ich glaube, unsere Anwesenheit ist hier nicht erwünscht.
Du bist ein scharfer Beobachter.
HÄMMER HÄMMER
Entschuldigt mich. Ich habe zu tun.

Umpf! Und wenn uns hier doch einer erkennt?
Nur die Ruhe. Wichtig ist, dass man ganz locker wirkt.
Außerdem sind die Klamotten, die wir geklaut haben, immer noch nass. Da erkältet man sich rasch.
Hör auf zu meckern.
MÄÄH
BÄÄÄH
MÄÄH
Hm...
!
?

Schluck! Zwei Plattfüße, begleitet von Poldi Züklob.
O nein! So ein Pech aber auch!
Keine Panik! Ich habe eine Idee.
BÄÄH BÄÄH
Ich ahne, welche.
WUSCH
Ein großer und ein kleiner Kerl dürften doch nicht schwer zu finden sein.
Haben wir keine genauere Beschreibung?
Die Augen auf, meine Herren! Ich fühle, dass sie in der Nähe sind.
BÄHH
MÄÄÄH
BÄÄÄH
BÄÄH

Schnaub! Dämliche Viecher!
BÄÄÄH
Bääääh! Määääh!
MÄÄÄH
Määäh! Määäh!
?
?
Ein Königreich für trockene Klei-dung!
Hör mit dem Gejammer auf und blöke!
Bääh! Bäääh!
BÄÄÄH
MÄÄÄH
Määäh! Määh!
Geschafft! Ich muss zugeben, so übel war dein Plan gar nicht.
Harhar! Machen wir die Biege.
Bravo! Mein Kompliment…
?
!

Welch glänzende Darstellung! Seid ihr Schauspieler?
Also, wir sind…
…Schauspieler.
Erlaubt mir eine Frage, Kollegen… Wozu die Ketten?
Requisiten für… die „Komödie vom spaßigen Steinmetz aus Singsang“.
Seufz!
Angenehm! Ich heiße Archi Less und leite die Wandertheatertruppe auf der Odyssee.
Wir fahren von Hafen zu Hafen und führen vor allem klassische Epen auf. Kennt ihr Homer?
Klaro.

Hab ihn lange nicht gesehen, das alte Schlitz-ohr. Was baldowert er denn gerade wieder aus?
Tu mir einen Gefallen und schweig.
ODYSSEE
Hahaha! Ihr beide seid wirklich klasse. Die geborenen Komiker. Euch muss Tyche geschickt haben.
Ein paar meiner Leute haben abgeheuert und sind zum Film gegangen.
Wenn ihr wollt, könnt ihr deren Rollen haben. Aber entscheidet euch rasch. Wir legen gleich ab.
Hmm… hmmm…
Okay, Kollege! Wir sind dabei.
Ach ja?

Juchuuuh! Komm zu uns, edler Odysseus!
La-la-laaah!
Nie und nimmer!
Bindet mich an den Mast. Wer den Gesang der Sirenen vernimmt, kann ihrem Werben nicht widerstehen.
Mich müsste man auch festbinden – damit ich nicht weglaufe!
Hahaha!
Und nun stopft Wachs in eure Ohren, meine Gefährten.
Jau! Wir hätten auch gern welches.
HA HA HA
Ich weine der Verkleidung als Schaf nach.
Passt zu deinem Gemecker.

O weh! Odysseus widerstand uns! Welch grausame Demütigung!
Werfen wir uns in die alles-verschlingenden Fluten!
Ach, Gott-chen. Nun übertreibt's nicht.
ODYSSEE
HAHAHA HAHA
Ich würde sagen, für heute ist die Schau gelaufen.
Ja, bereiten wir uns auf die Tomaten vor.
WERF
Nehmt ihn! Habt ihr verdient!

KLING
He, ein Taler!
Zwei Taler!
KLING
Wow! Es hagelt Geld!
Nicht nur das…
KLING KLING KLING KLING KLING
Bravo! Allerbeste Unter-haltung!
Da capo!
KLATSCH
„Da capo"? Was bedeutet das?
Nichts, was dir jetzt gefallen würde.

WUMMER
HÄMMER
WUMMER
Guten Tag, Schönheit!
Guten Tag, Süße!
Guten Tag… äh… Freundin!
Argh!
SPUCK
Freundin? Damit kannst du keiner Dame schmeicheln.
Das beste Süßholz habt ihr schon geraspelt.
Und, wie geht es dir heute so?
Meine Laune hat sich soeben erheblich verdüstert.
Wie? Freust du dich denn gar nicht, uns zu sehen?
Man stellt keine Frage, deren Antwort man bereits erhalten hat.

Glaubt ihr, ich wüsste nicht, dass ihr mich nur aushorchen wollt?
Seufz!
Du benimmst dich unmöglich, Trudi. Das setzt einem wirklich zu.
Ach? Seit wann bist du denn derart dünnhäutig?
Wie ich schon gestern sagte, habe ich einen Zaun zu bauen und keine Zeit zum Plaudern.
Gestern warst du fast fertig damit. Man möchte meinen, du…
Umpf! Was weißt denn du schon vom Errichten eines Zauns?
Jungs, können wir das Gespräch nicht auf ein anderes Mal verschieben? Ihr stört heute nur.
Okay, okay!
Ich habe schon verstanden. Du magst uns nicht besonders.
Wow! Du bist ja ein Hellseher…

Dank euch feiern wir seit einer Woche einen Erfolg nach dem anderen, Kollegen.
ODYSSEE
Der Ruhm eilt uns voraus. In jedem Hafen brennt das Publikum darauf, uns zu sehen.
Harhar!
Und das, obwohl wir vergangenen Abend die Szene mit den Lotophagen vergessen haben.
Daran könnte sich heute doch eh keiner mehr erinnern.
Du warst umwerfend, als Zirze dich in ein Schwein verwandelt hat. Die Rolle ist dir wie auf den Leib geschrieben.
Hm… soll das ein Kompliment sein, Archi?
Jedenfalls haben wir dir dafür zu danken, dass du den Schmied bezahlt hast, der uns die Ketten abgenommen hat…
Mein Kumpel verlegt jeden Schlüssel.

Wir sind fertig, Chef. Schau's dir nur an.
Wie?
!
!
!
Der trojanische Esel, wie du ihn haben wolltest.
Ihr unsäglichen Ignoranten! Ich hatte euch um ein Pferd gebeten!
SCHNIPP
Ach, echt?
Es heißt trojanisches Pferd. Das weiß doch jeder.
Pferd… Esel! Die sehen doch gleich aus. Das wird keiner merken.
Wenn ich Trojaner gewesen wäre, hätte ich das Geschenk nicht angenommen. Wo soll man so etwas denn hinstellen?

Eine schöne Krawatte oder Blumen dagegen passen immer…
Hör schon auf damit.
Kannst du mir mal sagen, wer da hinein-kriechen soll?
Dem Plan nach, ihr drei.
Wieso veranstalten wir nicht einen Tag der offenen Tür da drinnen?
Äh… keine Ah-nung.
Das war pure Ironie, du Depp von Tischler!
Es ist doch gar nicht nötig, dass jemand in den Esel krabbelt. Wir können uns genauso gut hinter die Kulisse stellen.
Das Publikum muss eh nur unsere Stimmen hören. Und für den Ausstieg lassen wir uns einen Trick einfallen.
Klingt nach einem guten Plan.
ODYSSEE

Ein Holzross… welch hübsche Idee, wenn man bedenkt, dass sie von Barbaren stammt.
Vielleicht sind sie im Grunde doch recht nett.
Sieht mir nach Esel aus.
Wer? Die beiden?

Warten wir die Nacht ab. Dann steigen wir aus und greifen Troja an.
Zu Befehl, o listenreicher Odysseus.
Wow! Ein ganzes Dreimann-heer in einem Holzesel!
HAHA
Na und? Die Trojaner sind ja auch nur zu zweit.
HAHAHA

KRATZ KRATZ
Wie machen wir uns?
Mal sehen…
Die Leute scheinen gespannt zu sein…
Argh!
Da sind die beiden Plattfüße und Züklob. Sie stehen genau vor der Odyssee.
Und wir müssen gleich auf die Bühne.

Nicht wir, sondern du. Ich hau in den Sack! Es war schön, dir zu begegnen… grüß mir die Jungs und hebt mal einen auf mich.
Wohin gehst du?
Nach Hause zu meiner Trudi. Es ist nicht mehr weit, da kann ich zu Fuß gehen.
Nicht so hastig, Kollege!
Nanu?
Es wird Zeit, dass du es erfährst. Wir sind keine Schauspieler.
Ich weiß.
Ihr seid Schurken, wie ich.
Was?
Die Theatergruppe ist nur ein Vorwand, der es mir und meinen Kumpels erlaubt, flussauf- und abwärts Überfälle zu begehen.

Ich brauche nur noch einen großen Fischzug, um mich zur Ruhe zu setzen und mich meiner wahren Leidenschaft zu widmen, der Klempnerei.
Mach, was du willst, aber ohne mich.
Die Gelegenheit kam, als ich dich erkannte. Ich hatte in der Zeitung…
…von deinem Ausbruch gelesen. Und auch von den zehn Kisten mit Goldbarren.
Das schon wieder… die ewige Leier…
Also engagierte ich dich und deinen Kumpel, um an dein Geheimnis zu kommen – ob im Guten…
…oder im Bösen.
STUMP
Argh!

POLTER
Wahnsinn! Wie sind die so rasch aus dem Pferd geklettert?
Aus dem Esel!
Du elender Nichtsnutz! Ich gebe dir, was du verdienst!
TSCHACK TSCHACK
Schnaub!
Die Griechen kämpfen gegeneinander? So habe ich das aber nicht in Erinnerung.
Streit kommt doch überall mal vor.
He! Seht mal!
Das scheinen doch…
Es scheint nicht nur so, sie sind es!

TSCHACK TSCHACK TSCHACK
Aus dem Weg! Lasst mich durch!
O nein!
Wir müssen schleunigst abhauen!
Kann nicht… bin gerade schwer beschäftigt.
Hab ich dich!
Aua!
KLOPS
Die Darsteller leisten vollen Einsatz.
Aber wo bleibt da der Sinn?
Kommen wir jetzt zu dir.
Nur keine Eile.

Schnaub!
SWUSCH
Au! Mein Hühnerauge!
WACK
Du erlaubst doch?
KICK
Umpf!
POCK
Neeiin!
WUPP
PLATSCH

Sollten wir nicht einschreiten?
Das frage ich mich auch.
Zum Angriff!
?!
Kann mir mal jemand helfen, Kollegen?
Werft mir eine Leine zu!
Lass sie! Er ist ihr Boss.
!!
Wie türmen wir jetzt? Wenn wir von Bord gehen, laufen wir Züklob und den Plattfüßen in die Arme.
Ich habe eine Idee…

Die Leine! Wirf sie mir zu!
Bitte, Boss!
PLATSCH
Er ist ungehalten.
Ein Klassiker…
…aber er zieht immer noch.
HA HA HA HA HA
Lassen wir das Rettungsboot zu Wasser und machen uns über den Fluss stiekum aus dem Staub.
Daraus wird nichts!
Wie?
Kitzelt die Wolken.

Eure Irrfahrt ist hiermit zu Ende.
Ihr geht zurück in den Knast.
GRABSCH
Umpf!
DONG
DONG
?
?
Los, haut ab, Jungs!

Wenn die wieder zu sich kommen, sag ich ihnen, es wären die Trojaner gewesen. Sie werden's mir abkaufen.
Aber wieso helfen Sie uns?
Weil ich die Goldbarren gestohlen habe. Da der Raub deine Handschrift trug, habe ich ihn dir in die Schuhe geschoben.
!
!
So konnte ich auch noch die Versicherungs- summe kassieren. Ein wirklich lohnendes Geschäft.
Aber eben nur solange keiner dahinterkommt. Dann hörte ich von deiner Flucht.
Da es keine Beweise deiner Unschuld gibt, musst du für immer unter- tauchen und ich bin fein raus.
Und warum sind Sie uns gefolgt?

Um sicherzugehen, dass die beiden Holzköpfe euch nicht vor mir finden.
Genug geplaudert! Verschwinde mit deinem Komplizen.
Nicht nötig.
Denn Sie haben soeben ein Geständnis abgelegt.
Was soll das heißen?
Ich bin Privatdetektiv, engagiert von der Versicherung Ihrer Bank.
!
Weia!

Mein Auftrag war, herauszufinden, wo die zehn Kisten mit Goldbarren gelandet sind.
Also habe ich mich inhaftieren lassen. Der Gefängnisdirektor und Kommissar Hunter wussten Bescheid.
Die Flucht war natürlich inszeniert. Ich habe mich bei dir eingeschmeichelt, um das Gold zu finden.
Harhar! Schlaumeier.
Nun, im letzten Akt, hat sich die Wahrheit offenbart. Doch sind wir nicht alle nur Figuren in einem Stück…
„…dass das Leben immer wieder schreibt?"
KLATSCH KLATSCH KLATSCH KLATSCH KLATSCH
KLATSCH KLATSCH KLATSCH

Du machst es wie Penelope! Du vernichtest nachts das Werk, das du tagsüber verrichtet hast.
So, geht jetzt! Und zwar alle!
Gilt das etwa auch für mich?
Katerchen!
Ich hoffe doch, dass du mich noch willkommen heißen wirst.
TAPP TAPP
Soll mein guter Freund hier die lästigen Kerle verabschieden?
TAPP TAPP
Keine Umstände. Wir wollten eh gerade gehen.
Wir haben noch eine Verabredung.
Eine Verabredung? Wieso weiß ich nichts davon?
ENDE

Kreuzfahrt mit Glück

Sisto Nigro (Story), **Ettore Gula** (Zeichnungen)

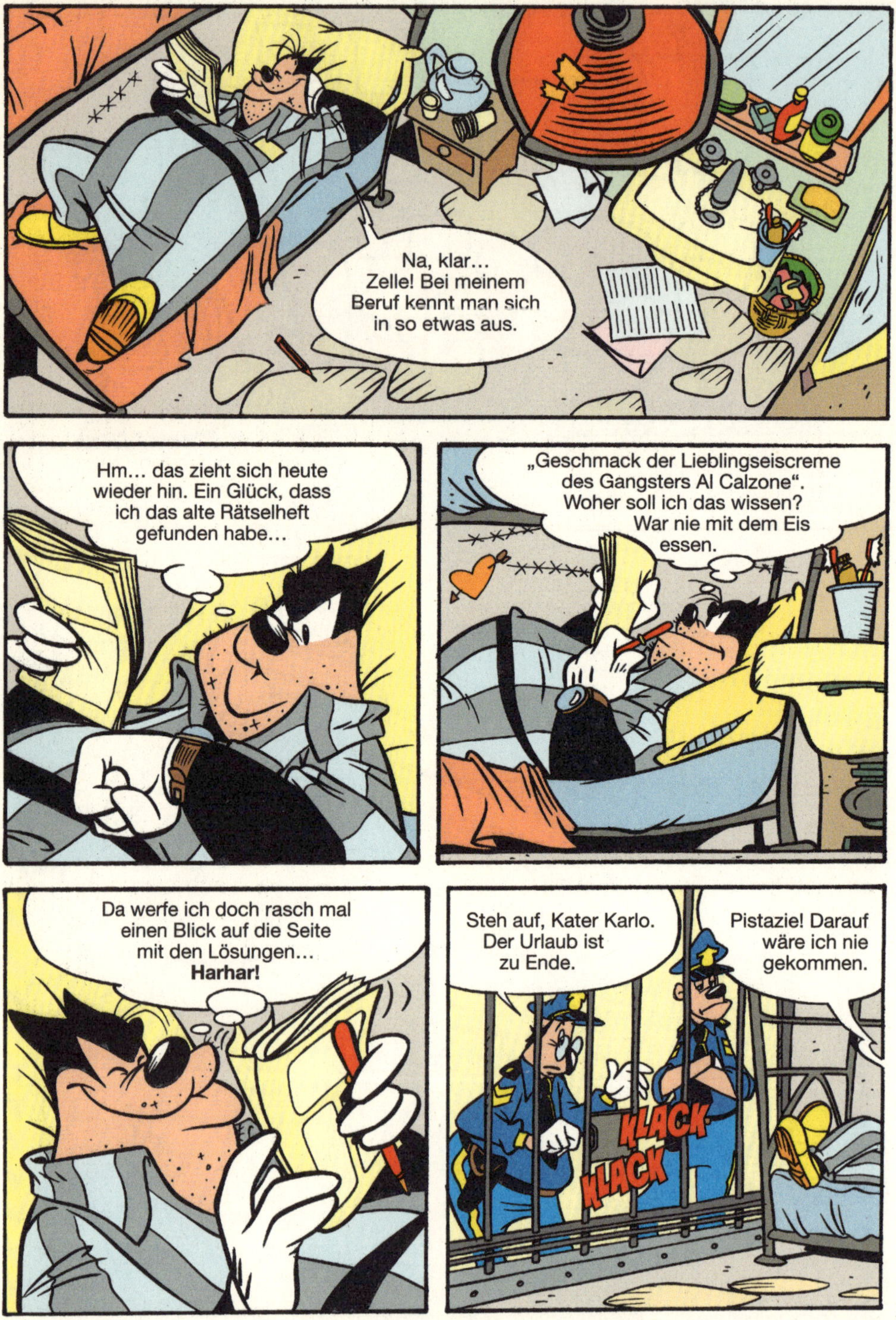
Na, klar…
Zelle! Bei meinem Beruf kennt man sich in so etwas aus.
Hm… das zieht sich heute wieder hin. Ein Glück, dass ich das alte Rätselheft gefunden habe…
„Geschmack der Lieblingseiscreme des Gangsters Al Calzone“. Woher soll ich das wissen? War nie mit dem Eis essen.
Da werfe ich doch rasch mal einen Blick auf die Seite mit den Lösungen… **Harhar!**
Steh auf, Kater Karlo. Der Urlaub ist zu Ende.
KLACK
KLACK
Pistazie! Darauf wäre ich nie gekommen.

Tja, dann auf Wiedersehen und Kompliment an die Küche und den Service.
Red keinen Unsinn.
Grumpf! Sonst hat es immer eine Torte zum Abschied gegeben… kann es kaum erwarten, nach Hause zu kommen.
GEFANGNIS
Trudi wird überglücklich sein und mich verwöhnen wie einen Pascha.
Wiedersehen, Kater Karlo. Bis zum nächsten Mal.
Später…
Ich bin es leid! Es muss sich einiges ändern… He! Hörst du mir überhaupt zu?
Mampf… klar, Täubchen. Was hast du gesagt?

Dass ich keine Lust mehr habe, zu Hause zu hocken. Wir gehen nie aus oder machen mal Urlaub.
Stimmt doch gar nicht, Trudi… Schlurps!
Vor zwei Jahren sind wir ans Meer gefahren… oder war das vor drei Jahren?
Es folgt das Superquiz…
Heute geht es um einen absoluten Traumpreis!
Du weißt nicht mal, wann es war!
Doch, aber wir können uns keinen Urlaub leisten.
Es gewinnt, wer die Antwort kennt…
Welchen Geschmack hat die Lieblingseiscreme des Gangsters Al Calzone?

Ich… ich kann's kaum glauben… das Telefon… jetzt darf nichts schiefgehen…
Wenn Sie die Antwort kennen, rufen Sie uns innerhalb der nächsten Minute an.
Ich weiß es! Ich weiß es!
Alles klar, Katerchen?
TIPP
TIPP
TIPP
Die Antwort lautet: Pistazie!
Das ist richtig! Meinen Glückwunsch!
Wow! Woher weißt du das denn?
Hehehe! Ich bin eben gebildeter als du glaubst, Trudi.
Wir gratulieren Herrn Kater Karlo. Er hat eine Kreuzfahrt für zwei Personen gewonnen. Und zwar auf der berühmten…

„…MS Perlu, der Königin der Luxusklasse!“
MS PERLU
Wunderbar! Das wird eine fantastische Reise werden.
Und auch noch alles gratis! **Harhar!**
He! Griffel weg von meinem Gepäck, du Witzbold!
Ich wollte nur helfen, es an Bord zu tragen, der Herr.
Mit dem Trick war ich schon als Schulkind erfolgreich.

Wer sind denn diese beiden Tölpel, Kapitän?
Die Gewinner einer Quizsendung, Frau Gräfin.
Schauderhaft, wie sich solche Leute kleiden.
Mein neuer Hosenanzug macht Furore. Alle drehen sich nach mir um und starren.
Später…
Hach! Das Panorama ist wirklich bezaubernd.
Jau! So lässt es sich doch leben.
Hätte nie gedacht, dass wir beide mal mit den gehobenen Kreisen und deren Klunkern in einem Boot sitzen.
Ich bin glatt versucht, sie um ihre edle Habe zu erleichtern.
Wage es nicht!

Wir haben Urlaub. Da wird nicht gearbeitet. Ist das klar?
Umpf! Ist ja gut.
Es ist angerichtet, verehrte Gäste.
Soll heißen, alles an die Tröge!
DING
DING
Die Häppchen sind die Wucht. Da könnte ich mich glatt reinlegen!
Unglaublich, wie der sich aufführt. Geradezu unappetitlich.
Na, los! Es ist genug da! Greifen Sie nur tüchtig zu.
Ich bevorzuge stilvolle Genügsamkeit bei den Mahlzeiten.
Keine Kinderstube… **Knurps!**
Für mich hat er etwas von einem Halunken.

Umpf! Halten wir uns von diesen Parvenüs fern.
Katerchen…
…denkst du, die meiden uns?
Ach was! Die sind nur ein wenig schüchtern.
Am Abend…
MAX
Meine Damen und Herren, ich bin Max, Ihr heutiger Animateur.
Mein Anliegen ist es, Sie bestens zu unterhalten. Fangen wir mit einer…
…Denkaufgabe an! Gibt es hier vielleicht einen Freiwilligen?
Ich! Ich bin ein Ass in Fernseh-quizzen.

Sagenhaft! Also… was macht eine trotzige Ziege?
Ähm…
Sie zickt… Hahaha! Eine Erfrischung gefällig? Das hilft beim Nachdenken! **Hehehe!**
Hahaha!
SPRUTZ
Keine Bange! Ich mache es auch nie wieder. Die Hand darauf.
Wow! Bin ich heute wieder geladen… elektrisierend, oder?
KA-ZAPP
Beruhige dich, Katerchen. Er hat es bestimmt nicht persönlich gemeint.
Freut euch, meine Freunde! Ich habe noch mehr Scherze auf Lager!
HAHAHA
HAHAHA
HAHA

Ein paar Tage später…
Da wären wir. Die Maschinen drosseln!
Zu Befehl, Herr Kapitän!
MS PERLU
Verehrte Damen und Herren, die erste Hälfte der Kreuzfahrt ist vorbei. Wie üblich…
…wird das mit einer großen Party gefeiert. Ich wünsche viel Spaß.
Perfekt… das ist der Moment, auf den ich gewartet habe.

Kommen Sie bitte alle in den Salon. Dort werden wir ein spannendes Spiel spielen.
Dieser Max ist ein wahrer Schatz.
Pah! Ich kann den Clown nicht ausstehen.
Nimm's gelassen, Katerchen.
Darf die Besatzung auch mitmachen? Es wäre mir sehr wichtig.
Gut, aber nur für ein paar Minuten, Max.
Hach! Ich bin ja so aufgeregt.
Schätze, man darf gespannt sein.
Seid ihr alle da? Wie ich sehe, ja.

Dann sperre ich euch jetzt erst mal ein!
ROMMS
Und nun… beginnt das große Finale!
KLANK
Phase eins ist abgeschlossen.
Okay, Boss! Wir kommen!
Genug gescherzt! Lass uns hinaus!
WUMMER
WUMMER
Tür auf!
Machen Sie die Tür auf! Das ist ein Befehl!
Pff! Und wenn schon.

Ab jetzt gebe ich hier die Befehle! Kommt an Bord, Jungs!
Klar, Boss.
Es sind Piraten! Und Max ist ihr Boss!
Argh!
Die Funkverbindung ist leider außer Betrieb! Uahaha!
KICK
KRACKS
Den Teil des Plans mag ich am liebsten.
Das Schiff gehört uns! Dann sammeln wir jetzt in aller Ruhe die Beute ein!

Übernehmt ihr die Kabinen. Ich kümmere mich um den Schiffs-tresor.
Hihi! Welch ein Reichtum! Das ist der Fischzug des Jahrhunderts.
Seufz! Es ist zwecklos! Die Tür ist versperrt und die Bullaugen sind aus Panzerglas.
Das ist unerhört!
Wenn er schon nichts tut, dann tu du etwas!
Hast du auch eine Ahnung, was ich tun soll?
Uns hier herausholen! Aber dazu fehlt es euch allen am nötigen Mumm!
Meinem Katerchen nicht. Der könnte es, wenn er wollte.

Scht! Was redest du da?
Diese Leute sehen auf uns herab. Zeig ihnen, dass wir auch etwas taugen.
Außerdem kannst du nicht zulassen, dass mein Traumurlaub ruiniert wird.
Könnten Sie uns wirklich aus diesem Gefängnis befreien?
Ich sag's mal so, ich bin der Experte im Türm… äh, im Meistern schier ausweglos erscheinender Situationen.
Dann helfen Sie uns, bitte.
Wenn ihr darauf besteht, werde ich diesen Nulpen eine Lektion erteilen.
Ich krieche durch die Belüftungsanlage. Das ist der bewährte Klassiker.

Dieser Schacht führt zur Schiffsbrücke. Viel Glück!
Aber was soll er allein gegen die Piraten-bande aus-richten?
Er ist es gewohnt, sich Respekt zu verschaffen. Machen Sie sich da mal keine Sorgen.
Ich hoffe nur, der Schacht wird am Ende nicht enger. Bei meinem letzten Bankraub hat mich das in den Knast gebracht.
Geschafft… aha! Da ist ja schon einer der Sonntags-ganoven. Den kauf ich mir.

Und ich weiß auch sogar schon, wie.
He, du!
Was?
Nennst du das Schmiere stehen? **Harhar!**
Grrr!
Warte! Ich zeig dir gleich…
Schmierseife auf der Treppe. Das war in Sing-Sang immer mein Lieblings-streich.
Aaaah!
SBONG
GLITSCH

Alles klar, Jack? Ich habe dich schreien gehört!
Nrasch! Gnommt snofort her!
Jacks Stimme klingt aber seltsam.
Er wird sich beim Wache-schieben erkältet haben.
Wie das, im tropischen Klima der Karibik?
Warm anziehen solltet ihr euch trotzdem, ihr Strandbad-piraten!
Schnaub! Wer ist denn der?

Einer, der euch dringend rät, euch zu ergeben.
Und was, wenn wir dazu keine Lust haben?
Dann wird euch die Wucht des Beiboots überzeugen. **Harhar!**
WUSCH
BRETTER
KLACK
Los, redet! Wo steckt dieser miese Clown Max?
Grumpf! Der ist im Ruderhaus.
Und...
Grrr! Wieso antwortet keiner? Die Walkie-Talkies sollten doch funktionieren.
Tun sie auch, was man von deinem Plan nicht behaupten kann.

Du? Was willst du denn hier?
Immer mit der Ruhe, Max! Du kochst ja vor Wut.
Hier, das wird dich abkühlen.
PSCHSCH
FRRR
Siehst du? Auch in mir steckt ein kleiner Clown.
Blubber!
Später...
Die Piraten sind im Laderaum verschnürt. Die Polizei wird sie übernehmen, wenn wir anlegen. Dank unseres mutigen Freundes können wir gleich wieder Fahrt aufnehmen.
Tja, es war im Grunde ein Kinderspiel. Die Piraten waren nicht gerade professionell.
KLATSCH
KLATSCH
KLATSCH

Wenn ich so ein Ding dreh…
Halt den Mund, Katerchen. Eigenlob müffelt.
Leider fehlt uns nun der Animateur. Max hat das immer sehr gut gemacht.
Ich verrate Ihnen mal ein gehütetes Geheimnis…
Ich habe in vielen Gefäng… äh, Feriendörfern als Animateur gearbeitet. Ich bin sicher, ich kann Max ersetzen.
Das nenne ich doch mal wahres Heldentum.
Und ich habe ihn für einen Halunken gehalten.
Am letzten Tag der Kreuzfahrt…
Wir werden gleich anlegen. Es war eine schöne Reise.
Stimmt. Und dieser Kater Karlo mit seinem Quiz der berühmten Raubzüge – wahnsinnig originell!

Mir hat das Taschendiebrennen Spaß gemacht.
Er ist ganz anders als die Leute, die man sonst kennt.
MS PERLU
MS PERLU
Übrigens, wo ist er eigentlich?
Er bereitet vermutlich eine Überraschung zum Abschied vor.
He! Wo sind meine Juwelen?
Meine goldene Uhr ist weg! Jemand muss sie gestohlen haben!
Die Polizei ist bald da. Der Dieb kommt nicht weit!
Wie lieb von dir, mit dem Rauben bis zum Ende der Kreuzfahrt zu warten, Katerchen! Hihihi!
MS PERLU
ENDE

Created 2013

Giuseppe Sansone (Story & Zeichnungen)

Created 1994

Spectrum Ass. (Story), **Miguel** (Zeichnungen)

Der Dekan sagte, der Saal würde brechend voll sein! Hoffentlich können die Leute Verständnis für meine Verspätung aufbringen!
Wie? Was ist denn hier los?
Ich habe jetzt alles im Kasten, Chef!
Gut! Lassen Sie die Fotos sofort entwickeln! Wir brauchen sie für die Gerichtsverhandlung.
Herr Maus! Was führt denn Sie hierher?
Ich sollte eine Vorlesung halten! Aber wo sind meine Zuhörer? Und warum sind Sie hier, Herr Kommissar? Was ist passiert?
Uns wurde ein Diebstahl gemeldet! Aber zum Glück wissen wir schon, wer der Täter ist!
Kommissar Hunter!
Ein Anruf für Sie vom Polizeirevier! Man hat offenbar den Verdächtigen bereits aufgegriffen!
Vielen Dank, Herr Dekan!

Es ist mir furchtbar unangenehm, Herr Maus! Ich musste die geplante Vorlesung leider absagen!
Aus unserer Ausstellung „Altes Ägypten“ wurde eine wertvolle Papyrusrolle gestohlen! Das ist eine Katastrophe!
Unsere Versicherung haftet nämlich nicht bei Wanderausstellungen! Wenn das Schriftstück nicht wiedergefunden wird, sind wir gezwungen, die Fakultät zu schließen und das Gebäude zu verkaufen!
Aber wie konnte dieser Diebstahl geschehen?
Kommen Sie bitte mit, dann zeige ich Ihnen den Tatort und die zerbrochene Glasvitrine!
Die Fenster sind vergittert, und vor der abgeschlossenen Tür stand ein Wachposten! Kommissar Hunter meint daher, als Täter in Frage käme nur...
...der Kurator.

Er hat den Raum als letzter verlassen, und heute früh erschien er nicht zur Arbeit! Statt dessen griffen ihn meine Leute auf dem Bahnhof auf! Er hatte zweifellos die Absicht, die Stadt zu verlassen!
Er hatte die Frechheit zu behaupten, er wäre nur dort, um nach seiner verlorengegangenen Brille zu suchen!
Lügen, nichts als Lügen! Seine Brille wurde in der zerbrochenen Ausstellungs-vitrine gefunden!
Die Frage ist nur, wo er die Papyrusrolle gelassen hat! Beim Verlassen des Gebäudes wurde er wie jeder andere durchsucht, und da hatte er sie nicht bei sich!
Er wird gerade hierher gebracht, damit ich ihn befragen kann!
Entschuldigen Sie mich, Herr Maus! Ich möchte, dass der Dekan meinen Polizeibericht unter-schreibt!
Lassen Sie sich nicht aufhalten! Ich sehe mich ein bisschen um!
Wenn der Kommissar recht hat, muss sich die Papyrusrolle noch irgendwo in dem Gebäude befinden!
Hmmm! Nichts als eine Dose Papyrus-Konserviermittel!

Ein Mumiensarg wäre ein klassisches Versteck! Aber ich kann mir nicht vorstellen...
Herr Maus!
Der Kommissar möchte, dass Sie beim Verhör des Kurators als Zeuge dabei sind!
Alles klar! Ich komme sofort.
Gleich darauf...
Erkennen Sie das hier?
Meine Brille! Dem Himmel sei Dank! Ich habe sie schon überall vergebens gesucht!
Wo haben Sie sie gefunden? Ich bin schrecklich kurzsichtig und besitze keine Ersatzgläser!
Sie lag in der zerbrochenen Vitrine, in der sich das verschwundene Schriftstück befunden hatte. Haben Sie eine Erklärung dafür?

Beim besten Willen nicht! Ich muss sie gestern verlegt haben, während ich mich mit den letzten Besuchern unterhalten habe. Es war eine Gruppe Medizinstudenten!
Das ist eine Lüge! Als der Nachtwächter Sie sah, waren Sie alleine, und die Vitrine war noch unversehrt. Wie kam Ihre Brille also dort hinein?
Wie schon gesagt, ich habe keine Ahnung! Aber der Papyrus muss so schnell wie möglich gefunden werden! Außerhalb der luftleeren Vitrine löst er sich nach 70 Stunden auf, wenn er nicht mit Konservierungsmittel behandelt wird!
Okay, Sie Schlaumeier! Kommen Sie mit! Vielleicht hilft es Ihrem Gedächtnis auf die Sprünge, wenn Sie den Schaden sehen, den Sie angerichtet haben!
Im Ausstellungsraum...
Hier, schauen Sie sich das an! Und jetzt frage ich Sie zum letzten Mal...
Schluck! Das ist doch nicht...

He! Was ist denn mit Ihnen los? Hören Sie auf mit diesem Theater! Mich können Sie damit nicht täuschen!
Er tut nur so, als wäre er ohnmächtig!
Da bin ich nicht so sicher! Sein Puls rast! Wir sollten lieber den Notarzt rufen!
Wenig später...
Ich begleite ihn, Herr Kommissar! Wenn er wieder zu sich kommt, würde ich ihm gerne noch ein paar Fragen stellen!
Mein Gefühl sagt mir, dass der Kurator unschuldig ist! Aber da er als einziger Zugang zu dem Ausstellungsraum hatte...
Ein Notruf! Wir müssen einen Umweg machen und einen zweiten Kranken mitnehmen!
Ich werde mit ihm reden, um diesen Punkt zu klären! Vielleicht wurde er getäuscht und dazu verleitet, jemandem die Schlüssel zu geben!
BREEEMS

Kurz darauf...
Hm! Sieht so aus, als hätten wir es mit einem weiteren Opfer des Jogger-Virus zu tun!
Wie? Wovon reden Sie? Was ist ein Jogger-Virus?
Lesen Sie keine Zeitungen? In den letzten zehn Tagen sind schon ungefähr dreißig junge Leute beim Joggen zusammengebrochen und ins Koma gefallen!
Niemand weiß, warum! Aber wir vermuten, dass es sich um ein Virus handelt, das durch körperliche Anstrengung aktiviert wird!
Tja, ja! Sport ist Mord!
Im Krankenhaus...
Im Moment können wir nichts weiter für ihn tun! Er scheint einen schweren Schock erlitten zu haben!
KRANKENHAUS
Einige Stunden später...
Ich kann nicht noch länger warten! Wenn die Papyrusrolle gerettet werden soll, muss jetzt schleunigst was geschehen!
KRANKENHAUS

Wieder zurück in seinem Büro...
Die Sonne geht bald auf. Ich sollte mich lieber eine Stunde hinlegen, wenn... nanu!
Verzeihen Sie bitte! Aber Ihre Tür war offen!
Ich möchte Sie darum bitten, meinen Mann zu finden! Er ist verschwunden!
Na schön! Ich bin's gewohnt, 24 Stunden am Tag zu arbeiten! Also, schießen Sie los!
Mein Mann ist Graf Alucard, ein Arzt! Er verließ unser Haus in Neinavlissnart vor 14 Tagen...
...und reiste mit dem Zug nach Entenhausen, um hier einen Hautspezialisten aufzusuchen. Er hat mir nach seiner Ankunft eine Nachricht zukommen lassen, aber seither habe ich nichts mehr von ihm gehört!
Ich weiß nicht, welchen Hautarzt er aufsuchen sollte, deshalb ging ich zur Polizei! Dort empfahl man mir, mich an Sie zu wenden!
Hm! Haben Sie ein Foto von ihm?

Auf diesem Buchumschlag ist er abgebildet!
Gut! Ich werde tun, was ich kann! Mein Honorar beträgt 200 Taler am Tag plus Spesen, Anzahlung zwei Tagessätze, der Rest wird fällig, wenn ich Ihren Mann gefunden habe!
BLUTTRANSFUSIONEN
GRAF ALUCARD
Ich habe mein letztes Geld für einen Wagen ausgegeben! Bitte helfen Sie mir trotzdem! Mein Mann wird Sie bezahlen!
Seufz! Ich muss der armen Frau einfach helfen!
Na schön! Trocknen Sie Ihre Tränen! Ich tu, was ich kann!
Schnüff!
Haben Sie irgendeine Ahnung, wo er sein könnte?
Nein. Ich weiß nur, dass er hier in Entenhausen ein Haus mieten wollte.
KIKERIKIIIII
Oje! Höchste Zeit, dass ich gehe!
Was?

Bitte beeilen Sie sich! Ich habe das Gefühl, dass ihm etwas Schreckliches zugestoßen ist!
Aber...
Hmmm! Seltsames Benehmen! Und dieses Auto! Die arme Frau konnte sich wohl nicht mehr als einen gebrauchten Leichenwagen leisten!
QUIIETSCH
Gähn! Jetzt schnell eine Mütze voll Schlaf, bevor ich alle Hautkliniken der Stadt nach dem Grafen abklappere!
Am nächsten Tag, gegen Abend...
Das ist die letzte auf meiner Liste! Bis jetzt hatte ich keinen Erfolg! Wenn der Graf auch hier nicht ist, muss ich meine Taktik ändern!
PLASTISCHE CHIRURGIE - HAUTKLINIK

Bitte nehmen Sie Platz! Doktor Faltenfrey wird Sie in wenigen Minuten empfangen!
Hm! Dieses Geschäft mit der ewigen Jugend scheint eine wahre Goldgrube zu sein!
LIFTEN: 2000 TALER HAARTRANS-PLANTATIONEN: 3000 TALER VERJÜNGUNGSELIXIER PRO INJEKTION: 5000 TALER
Ich fühle mich so jung wie einst im Mai!
Also, bis nächsten Monat!
Herr Maus, bitte!
Von dem, was der alte Knabe eingenommen hat, könnte ich auch ein wenig gebrauchen!
Schwester! Ein frisches Kopfkissen!
Nun, was kann ich für Sie tun?
Ich bin Privatdetektiv und suche einen bestimmten Hautarzt-patienten. War er zufällig bei Ihnen, um sich behandeln zu lassen?

Bedaure, dieses Gesicht ist mir völlig unbekannt!
Schade! Trotzdem vielen Dank!
Mehr Hautkliniken gibt es nicht in der Stadt! Was jetzt?
Ich werde mein Glück mal am Bahnhof versuchen!
Und so...
Ich habe nun die Passagierlisten aller an dem bewussten Tag angekommenen Züge durchgesehen! Ein Graf Alucard war nicht darunter!
BAHNHOFSVORSTEHER
Dafür kam als Frachtgut eine Kiste, die an ihn adressiert war!
Aha! Wie lautet die Anschrift?
Moment, ich muss schnell den Frachtbrief raussuchen! Ah, hier! Die Sendung ging an die Friedhofsgasse 1! Das ist am Rande der Stadt!
Das bringt mich einen guten Schritt weiter!

Sieht so aus, als hätte der Graf zwar sein Gepäck losgeschickt, aber sich selbst vergessen!
Bald darauf...
Scheint das Haus des ehemaligen Friedhofs-aufsehers zu sein! Wie kann man sich nur so etwas mieten!
KNARRRR
Hm! Niemand zu sehen! Ich schau' mich drinnen ein wenig um!
Entweder ist der Graf schrecklich unordentlich, oder jemand hat hier alles durchwühlt!

Aha, das muss die besagte Kiste sein! Was mag da wohl drin liegen!
Seltsam! Nichts als ein wenig Erde!
KNARRRR
Oh! Das könnte der Graf sein! Ich knipse mal lieber die Lampe aus und warte ab!
Wenige Augenblicke später...
Mist! Wo können sie nur sein? Ich muss sie unbedingt finden!
KLIRR
KRACKS

Hm! Das scheint der verschollene Graf zu sein! Wird Zeit, dass ich mich ihm vorstelle!
Graf Alucard, vermute ich! Stimmt's?
Wie?
Richtig! Und wer sind Sie?
Ein Privatdetektiv, den Ihre Frau engagiert hat! Sie macht sich große Sorgen um Sie!
Sie sind noch jung, mein Freund! Doch wie steht es um Ihre Gesundheit?
Bestens! Warum fragen Sie?
Wissen Sie nicht, was mit neugierigen Schnüfflern passiert?
WOMMS
He! Aua! Autsch!
Es geht Ihnen an den Kragen!

Unter-schätzen Sie Ihre Gegner nicht, Herr Graf!
Hungh!
RITSCH
KICK
Wenn ich den Kerl erwische, wird er mir einiges zu erklären haben!
Als erstes, warum er nicht will, dass er gefunden wird!
Ein wenig später...
Verflixt! Er hat mich abgehängt! Keuch! Keuch!
Was ist das für ein Schrei?
AAAAAHH

Er kam von dort drüben!
Ach du Schreck! Sieht aus wie ein weiteres Opfer von diesem Jogger-Virus!
Puh! Ich habe schon besseres Rasierwasser gerochen!
Der Mann muss auf dem schnellsten Weg ins Krankenhaus!
Etwas später...
Ja, das ist wieder dieses Virus! Danke, dass Sie den Patienten hergebracht haben!
KRANKENHAUS
Sagen Sie, wie geht es inzwischen eigentlich dem Kurator von der Universität?
Ich weiß nicht! Mein Dienst hat eben erst angefangen! Aber ich kann gerne mal nachfragen!
Hm! Wenn der Jogger diesen Schrei ausstieß, muss ihn das Virus wie ein Blitz aus heiterem Himmel getroffen haben! Hoffentlich ist es nicht ansteckend!
Schwester!

Dieser Mann hat einen bösen Muskelfaserriss in der Wade! Bringen Sie mir bitte zwei Rollen Gipsverband!
Kommt sofort!
Es sind keine mehr da, Oberschwester!
Unmöglich! Ich habe doch gesehen, wie Doktor Ahmed erst vor zwei Tagen die Lieferung für einen ganzen Monat in Empfang genommen hat!
Bitte fragen Sie ihn, was er damit gemacht hat!
Aber ich weiß nicht, wo er ist! Er hätte seit heute morgen Dienst, aber er ist nicht gekommen!
Herr Maus!
Tut mir leid, aber der Zustand des Kurators ist immer noch unverändert!
Danke, dass Sie sich bemüht haben!
Was für ein Abend! Der Graf ist mir entwischt, und in der Papyrus-Sache bin ich immer noch keinen Schritt weitergekommen.
KRANKENHAUS

Wieder im Büro...
Autsch! Tut das weh!
Ich muss eine hühnereigroße Beule auf dem Kopf haben! Ich lege mir einen Eisbeutel auf, dann lässt der Schmerz vielleicht schneller nach!
Gesagt, getan...
Ah, das tut gut!
Verzeihung, wenn ich so spät noch störe! Aber die Tür war offen...
Oh! Frau Gräfin!
Oooooh!
Was haben Sie denn?
Entschuldigen Sie vielmals! Es ist der Knoblauch! Ich bin ganz stark allergisch dagegen!

Kommen Sie, und setzen Sie sich! Ich hole Ihnen aus dem Kühlschrank ein Glas eisgekühlten Tee!
Das wäre lieb von Ihnen!
Scheint wirklich eine heftige Allergie zu sein!
Aha! Sie hat wohl eine Medizin dagegen!
Hier, bitte! Ihr Eistee!
Vielen Dank, Herr Maus!
Ein wenig später...
Erkennen Sie das hier?
Huch!

Das ist der Mantelverschluss meines Mannes! Wo haben Sie den gefunden?
Ich will's Ihnen erzählen.
Kurz darauf...
...und weg war er!
Sie müssen sich irren! Mein Mann würde niemals jemanden körperlich angreifen!
Nun, diese Beule auf meinem Kopf beweist, dass Ihr Mann nicht der ist, für den Sie ihn halten!
KIKERI
Oh!
Bitte glauben Sie mir! Sie müssen meinen Mann finden! Ich bin sicher, dass ihm etwas zugestoßen ist!
He! So warten Sie doch!
Diese Gräfin ist ein richtiger Nachtvogel! Und sobald es Tag wird, hat sie es plötzlich schrecklich eilig, nach Hause zu kommen!
Sie schien absolut sicher zu sein, dass mein Angreifer nicht ihr Mann war! Und vielleicht hat sie ja recht!

Aber wenn der Typ wirklich nicht der Graf war, wieso hatte er dann dessen Mantel an?
Vielleicht hilft ein wenig frische Luft... nanu!
Sieht aus wie Blut! Aber woher könnte das stammen?
„Moment! Dieser Jogger, den ich im Park fand... vielleicht war er verletzt!“
Der Doktor sagte zwar nichts von einer Wunde... aber wenn er doch eine hatte, war das Virus vielleicht nicht der einzige Grund, warum er bewusstlos am Boden lag!
Kurz darauf...
Ich bin auf der Suche nach Doktor Baldsam!
Erstes Untersuchungszimmer links! Aber Sie müssen sich einen Moment gedulden! Er hat gerade einen Patienten!
1
2

Wie lautet die Diagnose?
Noch so ein komplizierter Beinbruch, fürchte ich!
Da schaue ich mir zunächst mal am besten die Röntgenbilder an!
Euch ältere Herrschaften muss der Hafer gestochen haben! Plötzlich hüpft und springt ihr alle herum wie junges Gemüse!
Tut mir leid! Seufz!
Wollen Sie nach dem Kurator fragen? Sein Zustand ist immer noch unverändert!
Nein, es geht um den jungen Mann mit dem Jogger-Virus, den ich hergebracht habe! Ich habe auf meinem Mantel nämlich Blutflecken entdeckt!
Gleich darauf...
Herrje! Sehen Sie sich das an!
Was könnte die Ursache dafür sein?

Das sind zweifellos Einstiche von einer Nadel!
Nachdem alle Jogger untersucht worden sind...
Es ist nicht zu fassen! Jeder von ihnen hat an genau der gleichen Stelle solche Einstiche!
Gibt es einen Weg herauszufinden, was ihnen möglicherweise eingespritzt worden ist?
Vielleicht! Wir müssen das Blut der Opfer untersuchen!
Gut! Ich muss noch ein paar anderen Dingen nachgehen. Wir bleiben in Verbindung!
Oh, Moment mal!
Was ist das für ein Zeug, das Sie da gerade umfüllen?
Chloroform! Warum?

Ach, nur so!
Reine Neugier!
I ♥
Chloroform! Das war es, wonach der Jogger roch!
KRANKENHAUS
Zuerst verschwindet der Graf, und kurz darauf finde ich diesen Jogger, der etwas eingespritzt bekam, nachdem er mit Chloroform betäubt worden war!
Zufälligerweise ist der Graf ein Arzt! Kurz nach seiner Ankunft in Entenhausen gab es die ersten Opfer des sogenannten Jogger-Virus! Und als er mich angriff, drohte er, es ging mir an den Kragen!
Es wird Zeit, dass ich mehr über ihn erfahre.
Kurz darauf...
Aha! Das Land, aus dem er angeblich kommt, gibt es überhaupt nicht. Genausowenig wie eine Adelsfamilie mit dem Namen Alucard!
Was mir die Gräfin erzählt hat, war also eine faustdicke Lüge!

Aber warum hat sie einen falschen Namen genannt, und warum steht er auf diesem Buch?
So verrückt die ganze Geschichte klingt, es muss eine logische Erklärung für... oh!
Ich werd verrückt! Das ist doch nicht möglich!
Aber es würde einiges erklären! Auch dieses angebliche Virus!
Es gibt nur einen Weg, der Sache auf den Grund zu gehen: Ich muss diese Gräfin finden!
Und für alle Fälle nehme ich mir ein Schutzmittel mit!

Bald darauf...
So weit, so gut! Einen Tag, bevor die Gräfin bei mir auftauchte, kam per Fachtgut eine weitere Kiste, die dieses Mal an sie adressiert war!

Sie wurde an diese Adresse geliefert! Ich bin sicher, dass ich die Gräfin dort finde!

Das ist also das Haus, das sie gemietet hat! Und gleich wird sich zeigen, ob sich meine Befürchtungen bewahrheiten!

Hmmm! Bis jetzt kein Zeichen von Leben... falls das das richtige Wort ist!
Schauder! Hoffentlich habe ich mich getäuscht!
KRACKS
KNARR

Huch! Was zum...
KRACKS
Autsch!
KLATSCH
Kurz darauf...
Stöhn! Mein Kopf!
Oh! Die Sonne geht unter!
Und wenn ich recht habe, müsste das bedeuten...
KNARRRR
Kreisch!

Na, so was! Herr Maus! Was machen denn Sie hier?
Bleiben Sie mir vom Leib! Ich weiß, **was** Sie und Ihr Mann sind!
Hm? Wie meinen Sie das?
Sie sind **Vampire!**
Wie kommen Sie denn auf so was?
Sie fliehen bei Sonnenaufgang, schlafen in einer Kiste und sind gegen Knoblauch allergisch. Sie trinken eine rote Flüssigkeit, und von hinten gelesen ist Ihr Familienname **Dracula!**

Ich weiß, wie das aussehen muss, aber glauben Sie mir...
Nicht zu vergessen das Land, aus dem Sie angeblich kommen! Von hinten gelesen, heißt es **Transsilvanien!**
Bitte, tun Sie das weg!
O nein, ich denke nicht daran! Ich bin kein argloser Jogger!
Bitte! Sie verstehen das alles ganz falsch! Es ist nicht so, wie Sie denken!
Nein? Dann erklären Sie mir doch mal, was Ihr Mann hier in Entenhausen treibt! Zufällig haben wir eine Reihe von Opfern, die jemand in den Nacken gebissen hat! Eine Epidemie, die kurz nach seiner Ankunft ausbrach!
Von so einer Epidemie weiß ich nichts! Aber wenn Sie den Knoblauch wegstecken, werde ich Ihnen alles erklären!
Na schön, reden Sie! Aber eine falsche Bewegung, und ich reibe Sie damit ein, bis Ihnen von dem Duft die Sinne schwinden!

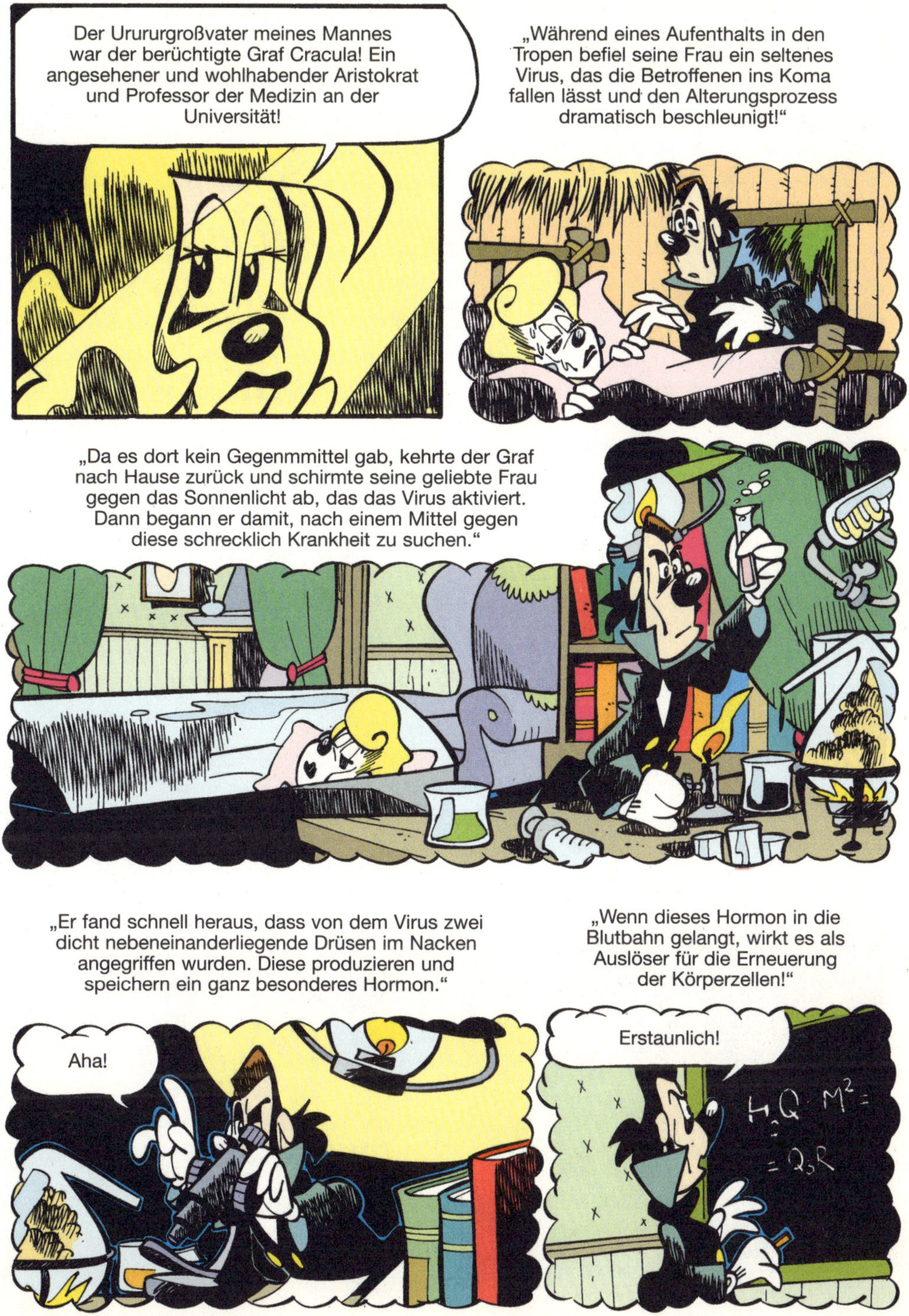
Der Ururgroßvater meines Mannes war der berüchtigte Graf Cracula! Ein angesehener und wohlhabender Aristokrat und Professor der Medizin an der Universität!
„Während eines Aufenthalts in den Tropen befiel seine Frau ein seltenes Virus, das die Betroffenen ins Koma fallen lässt und den Alterungsprozess dramatisch beschleunigt!“
„Da es dort kein Gegenmmittel gab, kehrte der Graf nach Hause zurück und schirmte seine geliebte Frau gegen das Sonnenlicht ab, das das Virus aktiviert. Dann begann er damit, nach einem Mittel gegen diese schrecklich Krankheit zu suchen.“
„Er fand schnell heraus, dass von dem Virus zwei dicht nebeneinanderliegende Drüsen im Nacken angegriffen wurden. Diese produzieren und speichern ein ganz besonderes Hormon.“
Aha!
„Wenn dieses Hormon in die Blutbahn gelangt, wirkt es als Auslöser für die Erneuerung der Körperzellen!“
Erstaunlich!

„Der Graf schloss daraus, dass das natürliche Nachlassen dieser Hormonproduktion die Ursache dafür ist, dass beim gesunden Menschen irgendwann der Alterungsprozess einsetzt!"

„Er wusste, wenn es ihm gelingen würde, dieses Hormon künstlich herzustellen, konnte er seine Frau retten und alten und gebrechlichen Menschen zu neuer Jugend verhelfen!"

„Durch einen Zufall fand der Graf heraus, dass die gesuchte Substanz in natürlicher Form in einer seltenen transsilvanischen Pilzart vorkommt und dort die bevorzugte Nahrung von Fledermäusen ist."

„Daraufhin kaufte er ein altes Schloss in Transsilvanien."

„Dort ließ er sich bei Nacht von den Fledermäusen zu den Stellen führen, wo die gesuchten Pilze wuchsen."
So, jetzt kann ich mit der Arbeit beginnen!

„Der Graf pflanzte die Pilze in einem feuchten Kellerraum an und gewann aus ihnen die tägliche Medizin für seine Frau."

„Nachdem sie sich ein wenig erholt hatte, ging sie gerne nachts im Mondschein spazieren. Stets umflatterten sie dann Scharen von Fledermäusen, die von dem Pilzgeruch angelockt wurden!"

„Unglücklicherweise beobachteten einige Bauern das Paar. Das Gesicht des Grafen war vom Kosten der roten Pilz-Medizin verschmiert, und seine bleiche Frau wurde von Feldermäusen umschwirrt. Daraus schlossen die Bauern, dass die beiden mit dunklen Mächten im Bunde standen.“

„Die Gräfin wurde wieder ganz gesund, und der Graf besaß nun einen großen Vorrat von dem Saft, der die ewige Jugend bescherte!“

„Als Zeichen seiner Dankbarkeit für die Hilfe der Fledermäuse machte er diese zum neuen Wappentier seiner Familie.“

„Dann passierte etwas Entsetzliches. Durch ein Missgeschick geriet eine Probe des Virus in einen Abfluss im Keller des Schlosses...“

„...und von dort in eine Quelle, die den nahegelegenen Ort mit Trinkwasser versorgte.“

„Kurz darauf wurden alle jungen Leute in dem Ort von dem Virus befallen!“

„Der Graf beschloss, seine Vorräte für die Heilung der Erkrankten zur Verfügung zu stellen. Doch die abergläubischen Bewohner des Ortes trauten ihm nicht!“

„Da er den Kranken den heilenden Saft nicht einflößen konnte, destillierte ihn der Graf zu einem Konzentrat...“

„...um dieses den Opfern des Virus mittels einer Spritze mit zwei Nadeln direkt in diese beiden erkrankten Drüsen zu injizieren!“
Hm! Eine Spritze mit zwei Nadeln, sagen Sie? Langsam ergibt die Sache einen Sinn! Erzählen Sie bitte weiter!
Mit dieser Spritze bewaffnet, schlich sich der Graf nachts in den Ort und drang in die Häuser ein, in denen sich ein Erkrankter befand!
„Um seine Patienten festhalten zu können, musste er beide Hände frei haben. Deswegen hatte der Graf die Spritze so konstruiert, dass er sie sich wie ein künstliches Gebiss in den Mund einsetzen konnte!
„Aber als er gerade die letzte Erkrankte behandelt hatte, wurde der Graf dabei überrascht, wie er sich über das junge Mächen beugte. Aus seinem Mund tropfte der Saft wie rotes Blut...“
Huch!
?!

„Die Bewohner kamen verständlicherweise zu dem Schluss...“

Die aufgebrachten Leute steckten das Schloss in Brand, und das gräfliche Paar musste fliehen. Alle Aufzeichnungen, die Spritze und die Pilze blieben in dem brennenden Schloss zurück!“

Das ist die Wahrheit hinter der Legende von Graf Dracula! Wir behielten die Fledermaus als Wappentier und änderten nur unseren Namen!
Aber was ist der Grund, dass Sie und Ihr Mann sich wie Vampire benehmen?
Mein Mann ist Blutspezialist! Als er Nachforschungen bezüglich der Arbeit seines Vorfahren anstellte, inspizierte er die Ruinen des Schlosses. Ich begleitete ihn dabei.
„Im Keller fanden wir die Aufzeichnungen des Grafen, seine Spritze und einige noch lebende Pilze!“
Doch bevor wir die Aufzeichnungen lasen, hatten wir unglücklicherweise bereits aus der Quelle getrunken, die immer noch verseucht war!
Ach herrje!
Um uns zu retten, ging mein Mann nach den Aufzeichnungen seines Ahnen vor. Er destillierte den Saft aus den Pilzen, die jedoch auf Grund ihres hohen Alters nicht mehr in der Lage waren, sich zu vermehren!

Mein Vorrat ging gestern zur Neige. Mein Mann hat die letzten Pilze mitgenommen, um den Saft hier in Entenhausen zu destillieren!
Sie reichten leider nicht für eine komplette Kur! Und da die Medizin zuerst innerlich wirkt, sind wir jetzt organisch zwar wieder kerngesund...
...aber unsere Haut ist nach wie vor befallen!
Solange wir vom Tageslicht abgeschirmt sind, bleibt unser Zustand unverändert.
Aber sobald unsere Haut dem Tageslicht ausgesetzt wird, fängt sie sofort an faltig zu werden. Deshalb reisen und schlafen wir in diesen Kisten und wagen uns nur bei Nacht heraus!
Knoblauch ist deswegen gefährlich für uns, weil es die Wirkung der Medizin aufhebt!
Das ist zu unglaublich für eine Lügengeschichte!
Aber das erklärt noch nicht alles! Zum Beispiel, wer mir an den Kragen wollte!

Und wenn der Graf für dieses Jogger-Virus nicht verantwortlich ist, wer dann? Und was bezweckt derjenige damit?
Nur eins ist sicher: Es muss einen Zusammenhang geben zwischen den Einstichen am Nacken der Jogger und dieser Spritze, die sie mir beschrieben haben!
Ja, das denke ich auch.
Kommen Sie mit zum Krankenhaus! Vielleicht können Sie als Expertin den Ärzten weiterhelfen!
Ein wenig später...
Wir haben alle verfügbaren Tests durchgeführt! In ihrem Blut befindet sich nicht die geringste Spur irgendeiner Droge!
Aber die Einstichstellen sind genau da, wo sich laut den Aufzeichnungen des Grafen diese beiden Drüsen befinden!
Das heißt, irgendein Stoff wurde den Opfern in diese Drüsen gespritzt!

Die Frage ist nur, was... und warum?
Herr Doktor!
Ich muss das Wasser aus dem Knie von diesem Fußballer ziehen! Welche Nadel soll ich verwenden?
Größe 21G müsste richtig sein.
Ja, natürlich! Das ist des Rätsels Lösung!
Bleibt trotzdem die Frage, warum? Was wollen sie damit machen?
Womit? Wovon reden Sie?
Herr Doktor, wo liegt der alte Mann mit dem komplizierten Beinbruch?
Zimmer 10! Warum?
Weil ich ihn etwas fragen möchte! Kommen Sie bitte mit!

Was genau ist mit ihm passiert?
Das gleich wie mit all diesen anderen verrückten Alten! Sie springen herum wie Grashüpfer, und so einer Belastung sind ihre morschen Knochen nicht mehr gewachsen!
Verzeihen Sie, mein Herr!
Dacht' ich mir's! Zwei Einstiche an der bewussten Stelle!
Wie? An genau dem gleichen Punkt wie bei diesen Joggern?
RITSCH
Ja! Verantwortlich dafür ist eine Art moderner Robin Hood! Er nimmt etwas von den Jungen, um es den Alten zu geben!
Wie?
Sie wissen, was ich meine, nicht wahr?
Ähm... ja! Ich sollte eigentlich nicht darüber reden...

...aber Sie wissen vermutlich ohnehin schon Bescheid: Ihr „Robin Hood“ ist Doktor Faltenfrey!
Genau das habe ich mir gedacht!
Na warte, du Halunke! Gleich geht es **dir** an den Kragen!
In Windeseile...
PLASTISCHE CHIRURGIE - HAUTKLINIK
TATÜ! TATA!
Aha! Zurück von seiner nächtlichen Pirsch!
Gleich darauf...
So, Herr Kollege! Noch einen Jogger hat es erwischt! Und weitere werden folgen, bis Sie mir endlich verraten, wo Sie diese Pilze versteckt haben!

Irrtum! Der nächste, den es erwischen wird, sind Sie!
Sie mieser, kleiner Schnüffler!
Ihnen werde ich das... **uff!**
Und so...
Ihre Frau hat mir alles erzählt, was sie weiß! Und jetzt würde ich sehr gerne den Rest von Ihnen hören!
Ich kam hierher, um einen Hautspezialisten aufzusuchen. Aber der da versteht sich nur darauf, leichtgläubigen älteren Leuten das Geld aus der Tasche zu ziehen!
Ich erzählte ihm von dem Virus, mit dem sich meine Frau und ich angesteckt hatten... und leider auch von dem Gegenmittel!

Er verlangte von mir, ihm die restlichen Pilze zu geben. Doch die brauche ich für meine Kur. Und er wollte mir nicht glauben, dass sie sich nicht mehr vermehren können!
Er nahm die Spritze meines Vorfahren und zog damit das Hormon direkt aus den Drüsen von jungen Joggern. Denn die sind ja fit und oft spätabends noch allein unterwegs.
PLASTISCHE CHIRURGIE - HAUTKLINIK
Ja, das passt alles zusammen! Aber gibt es kein Mittel, um diese jungen Leute zu kurieren?
Nun, mit der Zeit regenerieren sich ihre Drüsen wieder!
In dieser Flasche befindet sich der Rest der Hormone, die ihnen entnommen wurden!
Sie würden sich schneller erholen, wenn wir diese unter ihnen aufteilen würden!
Gute Idee! Das machen wir!
Ach übrigens, wo haben Sie die Pilze versteckt, die Sie von zu Hause mitgebracht haben?

Zum Glück hatte ich den Saft der meisten bereits für mich als Medizin destilliert! Die restlichen legte ich in meine Reisekiste und bedeckte sie mit Erde!
Hrmpf!
Später...
Ich schätze, morgen joggen sie wieder alle im Stadtpark!
KRANKENHAUS
Tja! Und diese alten Leute schienen direkt erleichtert zu sein, als sie hörten, dass die Wirkung der Hormone nur kurze Zeit anhält!
Ich fürchte, wir müssen weiterhin unser nächtliches Leben führen.
Herr Maus!
Ich habe Ihre Nachricht erhalten! Wo ist dieser skrupellose Doktor?
Er liegt gefesselt hinter der Empfangstheke!

Ich muss mich nach dem Befinden des Kurators erkundigen.
Ach herrje! Den hatte ich völlig vergessen!
Leben Sie wohl! Hier, Sie können meinen Wagen nehmen! Geben Sie die Schlüssel bei Gelegenheit bei der Polizei ab! Ich kann mit Kommissar Hunter fahren!
Vielen Dank, Herr Maus!
Haben Sie Geduld mit der Zündung! Sie braucht manchmal ein bisschen Zeit!
Nun, hatten Sie Glück?
Nein, er steht immer noch unter Schock und faselt bloß wirres Zeug von irgendeiner Mumie! Und wir haben nur noch eine Stunde, dann löst sich der Papyrus auf!

Das bedeutet die Schließung für die Universität!
Kommissar Hunter!
Gut, dass ich Sie noch erwischt habe! Ich möchte jemanden als vermisst melden!
Um wen handelt es sich?
Um Doktor Ahmed! Er war mit einigen Medizinstudenten bei einer Ausstellung in der Universität, und seither wurde er nicht mehr gesehen!
Sagen Sie, war das zufällig die Ausstellung „Altes Ägypten"?
Ganz genau!
Kommen Sie mit ein paar Leuten zur Uni, Herr Kommissar! Vielleicht können wir die Papyrusrolle doch noch retten!
Wie? Nun... geht klar!

Hallo!
Hallo! Tut mir leid, aber ich muss dringend wohin! Geben Sie Gas, ich sage Ihnen, wie Sie fahren müssen!
113
He! Was machen Sie denn da?
ENTENHAUSENER UNIVERSITÄT
113
Wir verladen die ägyptischen Ausstellungsstücke und bringen Sie zurück nach Kairo!
Das sieht mir sehr nach einem gerissenen Plan aus!
Die Sonne geht bald auf! Aber wir sollten trotzdem nachsehen, ob Herr Maus unsere Hilfe braucht!

Halt! Zurück!
He! Was machen Sie denn da?
Ein bisschen Archäologie betreiben!
Sollte sich mein Verdacht nicht bestätigen, dann brauch ich solche Bandagen, wenn mich der Direktor zwischen die Finger bekommt!
Huch!
ZACK
Autsch!

Stöhn! Halt! Bleiben Sie hier!
Kneif mich! Das muss ein Traum sein!
Aber kein gewöhnlicher! Ein **Albtraum!**
Das darf doch nicht wahr sein!
Du meine Güte!
Mist!
Grrr! Noch habt ihr mich nicht!
Keine Bewegung, oder sie ist dran!

Was geht hier vor sich, Herr Maus?
Diese „Mumie“ hat den gestohlenen Papyrus!
SPRINKLER-ANLAGE KELLER
WAMM
Hm! Laut diesem Gebäudeplan geht der Lift nur zu einem Raum im Keller hinunter! Dort sitzt er jetzt in der Falle!
Aber er hat die Papyrusrolle bei sich, die sich in fünf Minuten auflöst, wenn sie nicht mit Konservierungsmittel behandelt wird!
Hm! Das bringt mich auf eine Idee!
SPRINKLER-ANLAGE KELLER

Die Zeit drängt...
Es ist ein Versuch wert!
PAPYRUS KONSERVIERUNGSMITTEL
Was haben Sie vor, Herr Maus?
Ich sprühe das Konservierungsmittel mit der Sprinkleranlage in den Keller. Hoffen wir, dass der Papyrus etwas davon abbekommt!
Gleich darauf...
Geben Sie auf! Sie sitzen in der Falle! Kommen Sie ruhig und mit erhobenen... wie?
Ächz! Stöhn! Ich kann mich nicht bewegen!

Was ist passiert?
Als das Wasser herunterrieselte, fing er an zu schwanken und fiel um!
Daran sind die Gipsbandagen schuld, in die er sich eingewickelt hat! Sie haben sich mit Wasser vollgesogen und sind jetzt schwer wie Blei!
Mit diesem Trick konnten wir im letzten Moment verhindern, dass dieser Papyrus zu Staub wurde!
Gütiger Himmel!
Schnell! Die Sonne geht auf! Bedecken sie mein Gesicht, bevor...

Aaaaaaah!
Herrje!
Schluchz!
Hätte ich sie nur zuerst losgebunden!
Sagt mir die Wahrheit! Wie seh' ich aus? Wie 80? Wie 90?
Nanu?
Unglaublich! Das Sonnenlicht hat dich überhaupt nicht verändert!
Hm! Ich glaube, ich weiß, warum! Wir bringen Sie zum Krankenhaus und lassen Sie untersuchen!
Kommen Sie bitte im Mumiensarg mit, Herr Graf?
Und so...
In all den Jahren als Dermatologe habe ich so etwas noch nie erlebt! Aber Sie haben recht!
KRANKENHAUS

Dieses Konservierungsmittel wirkt sowohl bei Papyrus als auch bei menschlicher Haut! Es bildet eine Art undurchdringlichen Lichtschutz!
Solange Sie das verwenden, können Sie unbesorgt in die Sonne gehen!
Nachdem auch der Graf damit behandelt wurde...
Leben Sie wohl, Herr Maus!
Noch mal zu dieser Sache mit dem Papyrus, Herr Maus! Wie haben Sie herausgefunden, wo es war und wer es gestohlen hat?
Der Kurator beteuerte, er wäre unschuldig! Doch außer ihm war niemand in dem Ausstellungsraum! Zumindest sah es so aus!

Aber bei den letzten Besuchern handelte es sich um eine Gruppe vom Krankenhaus! Und dort wurde eine Lieferung von Gipsverbänden vermisst, die ein Doktor Ahmed in Empfang genommen hatte.
Als ich hörte, dass auch Doktor Ahmed seit diesem Besuch in der Uni vermisst wurde, kam mir ein Verdacht: Womöglich fiel der Kurator nicht wegen der zertrümmerten Vitrine in Ohnmacht...
...sondern weil er eine Mumie gesehen hatte, wo zuvor keine gewesen war!
Ich kam zu dem Schluss, dass sich der Doktor in dem Mumienkasten versteckt hatte, bevor der Raum abgeschlossen wurde! Dann stahl er das Pergament, wickelte sich in die Gipsverbände und ging zurück in den Kasten!
Bei einer Durchsuchung mussten ihn alle für eine Mumie halten! Er ging davon aus, dass außer dem Kurator niemand wusste, dass der Mumienkasten ursprünglich leer gewesen war!
Und er hoffte, dass der Kurator bei der Durchsuchung nicht dabeisein würde!

Doch um ganz sicher zu sein, stahl er die Brille des Kurators und legte sie später in die zerbrochene Vitrine!
Ich vermute, dass er sich während der Fahrt nach Kairo absetzen wollte! Er wusste nicht, dass sich der Papyrus auflösen würde, wenn er nicht behandelt würde!
POLIZEI
Verrückt! Erst Vampire, dann eine Mumie... was wird als nächstes kommen?
Nun, mich werden zweifellos die Studenten **„zur Ader lassen“** und mein kriminalistisches Wissen aus mir **heraussaugen!** Und danach mache ich Ferien und **begrabe** mich in einer einsamen Berghütte!
So wie die Pharaonen in ihren Pyramiden! Nur nicht ganz so lange! He! He!
Bis dann!
Genießen Sie Ihre Ferien! Sie haben sie verdient!
WRUMM
ENDE

Gerangel um die Beute

Massimiliano Valentini (Story), **Roberto Marini** (Zeichnungen)

Hehe! Falsche Gauner berauben echte Bank...
Zum ersten Mal wünsche ich den Bullen, dass sie die Schuldigen erwischen. **Harhar!**
Und unsere Flucht wird ein Klacks. Es gibt schließlich Tausende von gelben Taxis in der Stadt. So, wir sind da.
CK-BANK
BREMS
Wir brauchen auch nicht lange.
Schon gut, zieht es durch. Ich rühr mich nicht vom Fleck.
DUCK-B
Guten Tag, die Herren.
Danke, den werden wir mit Sicherheit haben. Sie hoffentlich auch.
SURR
Indessen...
Von meinem Anteil kaufe ich mir eine Insel. Für mich ganz allein!

Zum Flugplatz, aber flott!
POFF
Worauf warten Sie denn noch?
Na ja, wie soll ich's Ihnen sagen...
Sie brauchen mir gar nichts sagen. Das hier ist ein Taxi – und ich muss mein Flugzeug erwischen.
So hören Sie doch, äh...
Ich bin städtischer Beamter. Wenn Sie Ihre Lizenz behalten wollen, sollten Sie losfahren.
Oder muss ich erst diesen Polizisten dort um Hilfe bitten?
Schluck.

Nicht nötig, wir sind schon unterwegs.
Ihr Glück. Hrmpf!
Verflixt! Ich kann nicht riskieren, dass der Bulle was spitz-kriegt.
Die Fahrt dauert nicht lange. In ein paar Minuten bin ich zurück.
Hehe! Das lief wie am Schnürchen.
Schnell ins Taxi, bevor der Alarm losgeht.
Genau. Und dann machen wir uns schleunigst aus dem Staub.
Aah! Wo ist denn das Taxi?

Dieser Blödmann ist einfach verduftet!
So ein Schlamassel. Was jetzt?
BOMPF
Wir müssen eben ein echtes Taxi nehmen. Da...
Taxi!
Zur Stelle.
BREMS
O nein! Der Alarm!
Da drin stimmt wohl was nicht.
UIUIUI
Rein mit dir! Hier geht's gleich rund!
Autsch! Lass das gefälligst!
Nur die Ruhe! Wohin soll's gehen?
WUMMS

Zum Campingplatz am Stadtrand. Aber drücken Sie auf die Tube!
Diese beiden Männer kamen mir gleich etwas verdächtig vor. Wo sind sie überhaupt?
WROMM
Wie sieht's aus? Irgendwas Bedenkliches?
Der Polizist vor der Bank blickt die Straße rauf und runter. Egal, dem sind wir entwischt.
Es herrscht zum Glück wenig Verkehr. Noch drei Minuten, dann sind wir am Stadtrand.
Ist er gerade in die Tulpengasse abgebogen?
Na und? Der Fahrer wird sich schon auskennen.
Ich nehme an, Sie sind geschäftlich in unserer schönen Stadt?
Ganz recht! Wir sind Geschäftsleute, ja.
Deshalb tragen wir auch so teure Schlipse.

He, da geht's aber nicht zum Campingplatz!
HUUUUP
Lassen Sie sich überraschen!
WROMM
Auf dem Schleichweg sind wir schneller.
In dem Fall haben Sie sich Ihr Trinkgeld jetzt schon mehr als verdient.
So wie ich das sehe, springt dabei mehr raus als ein mageres Trinkgeld.
Wenig später...
Jetzt gondeln wir schon ewig durch die Gegend.
Allerdings! Ihre Abkürzung kostet uns zu viel Zeit.
Keine Sorge. Es dauert nicht mehr lange!

Schließlich...
Wir sind am Ziel.
?
Aber das ist nicht der Camping-platz.
Gut beobachtet. **Hehe!**
Und ich bin auch kein Taxifahrer. Das ist ein Überfall.
Pah! Dilettant!
Zwei gegen einen. Du hast keine Chance.
Glaubt ihr etwa, ich bin allein?

Was meint ihr, warum ich den langen Weg hierher genommen habe?
O nein!
Ich fürchte, wir haben keine guten Karten.
Und was jetzt?
Tolle Arbeit! Ihr seid die Taxibande, stimmt's?
?
He, was soll das?
KLATSCH!
KLATSCH!
Als Kollegen können wir so was beurteilen.
Hä? Kol-legen?
Klar! Wir gehören zur Panzerknacker-Bande.

Ich möchte euch ein Geschäft vorschlagen.
Dann mal raus mit der Sprache.
Wie wär's, wenn wir einfach teilen?
Was für ein Ding habt ihr denn gedreht?
Bankraub. Wir wollten im Taxi fliehen, aber unser Kumpel hat sich vorher verdrückt.
Im Taxi? Dann habt ihr eindeutig unsere Idee kopiert.
In dem Fall ziehen wir es vor, das gesamte Diebesgut zu kassieren. Sozusagen als Lizenzgebühr.
Daher...
Man sieht sich. Und vielen Dank noch mal für die Beute. **Hehe!**
Schnaub!

Die haben uns ausge-trickst.
Warten wir's ab.
PAFF
Komm mit!
Wohin? Hier ist doch nichts.
Das sehe ich ein bisschen anders.
?
HOPP
Chrrr!
Der Kran hier wartet doch nur auf uns.
Kannst du den denn fahren?
Im Knast war ich im Bautrupp und bin Bagger gefahren. Kennst du einen, kennst du alle.
Ich weiß. Aber du warst nicht gerade ein Ass.

Und wenn schon! Los geht's!
Aah!
ROMPEL
BROMM
Hä?
Achtung!
Halt! Das ist mein Kran!
ROMM
Geht's auch etwas langsamer?
Äh... ich versuch's.
Wer klaut denn einen Kran?
Ich muss sofort die Polizei verständigen.

Woanders...
Das lief ja wie geschmiert.
Was ist das für ein Geräusch?
BROMPEL
Aargh! Ein Erdbeben!
Nein! Da hat uns was hochgehoben!
Lasst uns runter. Wir sind nicht schwindelfrei.
Nichts da. Erst wollen wir unsere Beute vom Bankraub zurück.
Kommt hübsch rüber mit dem Köfferchen.
Genau! Der gehört uns.
Was ist denn hier los?
Ups! Die Polente!
BREMS

Wir haben echt nichts getan.
Das sind Diebe.
Hmm...
Alle mitkommen!
Daher...
Langsam kapier ich's.
POLIZEI
Nach dem Bankraub müssen die Panzerknacker irgendwie auf die...
...Jungs von der Taxibande gestoßen sein. Die haben sich die Beute gekrallt und sind in dem Taxi auf und davon.

Also haben die Panzerknacker den Kran geklaut und...
An dem Punkt kamen wir dazu.
Na, immerhin ist ja alles gut ausgegangen.
Und die Taxibande wandert jetzt erst mal in den Bau.
Tut uns leid, Kollegen!
Und uns erst!
Das verdanken wir nur den Panzerknackern. Aber irgendwas stört mich.
Klar... wo ist der Dritte im Bunde?
Unter uns gesagt... das wüsste ich auch gern.

Zur selben Zeit...
Und so konnte dank der Panzerknacker endlich die berüchtigte Taxibande gefasst werden.
KLICK
Die beiden sind voll der Hammer.
Die sind bald wieder draußen. Und bis dahin streiche ich als Taxifahrer Trinkgelder ein! **Hehe!**
ENDE

Created 2001

Bruno Concina (Story), **Giuseppe Dalla Santa** (Zeichnungen)

Doch leider ist die Welt voller Misstrauen und…
…Alarmanlagen. Aber dank dieser Spezialbrille ist so was kein Hindernis mehr!
Schnauf! Vielleicht hat Trudi recht und…
…ich sollte ein wenig Sport machen!
Aber egal, die Hürde ist genommen und da ist ja das holde Ziel!

Merkwürdige Art von Humor, einen Tresor hinter einem Bild von einem Tresor zu verstecken!
So ein vorsintflutliches Modell öffne ich doch im Handum…
Kuckuck!
Haaa!
FLIPP
Das ist eine automatische Ansage, verehrter Herr Dieb! Glückwunsch, dass Sie es bis hierher geschafft haben!
Aber leider war die Mühe umsonst… wir haben alles in den Urlaub mitgenommen.
Pah! Leer, wie meine Geldbörse!
Wir hoffen, dass Sie aus diesem Reinfall lernen und sich einen ehrlichen Beruf suchen!
Grr! Halt den Rand, dämlicher Kasper!

Am nächsten Morgen...
Lalala! Labend beginnt der Tag mit einem guten Frühstück...
DING DONG
Ja, ja, ich komm ja schon!
DING DONG
Guten Morgen, Katerchen! Was machst du für ein Gesicht?
Uff! Ich erzähl's dir!
Eine furchtbare Nacht, Täubchen!
Aber gestern Abend bist du doch voller Freude zur Arbeit gegangen!
Zu Unrecht! Die Welt wird mit jedem Tag schlechter!
PLUMPS
Stell dir vor, acht Villen, und nirgends war was zu holen. Entsetzlich trübe Zeiten!

Die Leute haben einfach kein Vertrauen mehr! Nehmen alles mit in den Urlaub und klammern sich an ihre Schätzchen!
Vielleicht hätte ich mich auch an mein Frühstück klammern sollen!
Nur die Ruhe, Katerchen! Ich habe eine Idee, mit der alle Probleme vom Tisch sind!
Schau her!
Die Geschäfte laufen seit Monaten schlecht, ich lande nicht einen Coup…
…und du schlägst mir Urlaub vor?
Genau!
Denk nach, Katerchen! Die Leute… blablabla und wir… blablabla…
Aber jaaa! Du bist genial, mein Täubchen!
HÜPF

Zwei Tage später…
GRAND HOTEL
Willkommen, Herr Graf! Hatten Sie eine angenehme Reise?
Ausgezeichnet, danke!
Meine Verehrung, Frau Gräfin!
Danke, mein Lieber!
Ich schicke sofort nach dem Pagen!
PFIIEEP
Hast du die Pfeife nicht gehört? Marsch, marsch, Faulpelz!
Sehr wohl, Herr Direktor!
PFIIEEP
MORGENPOST

Kaum zu glauben, was ich hier ihr treibe! Eine schreckliche Schande für einen Kriminellen wie mich!
Huch! Aber das ist ja…
…ein wandelnder Juwelierladen!
Nimm das Gepäck der Herrschaften!
Geben Sie gut acht! Ich habe viele wertvolle Dinge im Gepäck.
Keine Sorge! Ich werde damit umgehen, als wäre es meins!
Und das wird es auch bald sein! Darauf mein Ehrenwort!

Ich verschließe das sofort im Tresor!
Danke! Mir liegt viel daran!
Mir auch!
Ich kümmere mich darum!
Und ich kümmere mich darum, die Kombination auszuspähen!
Aber…
Schnaub!
PFIIIEF
Verflixt! Ausgerechnet beim Showdown!
Gulp! Ein Mount Everest aus Koffern!

Bitte, meine Herrschaften, hier entlang!
Vergessen Sie auf keinen Fall den kleinen Rucksack!
Oh, der enthält sicher besonders wertvolle Dinge!
Au ja!
Das ist meine Steinsammlung drin!
Thomas reist nie ohne sie, hihi!
KRACKS
Autsch!
Trudi hingegen…
Was für eine goldige Modenschau! Ketten, Armreifen, Ringe… Hier flanieren ja Milliönchen vorbei!

Und ich trage nichts als billige Fälschungen… damit ich unter diesen Protztanten nicht auffalle.
Kompliment, meine Liebe! Man erkennt das Imitat ja kaum!
!
Ich bin wirklich geneigt zu glauben, Ihre Kette wäre echt.
Ähm… aber wie kommen Sie nur darauf…
Oh, nur keine falsche Scham! Darf ich mich vorstellen… ich bin Gräfin Olivia de Opulentis.
Angenehm! Ich bin Trudi.
Sie glauben doch nicht, dass auch nur eins dieser Schmuckstücke da echt wäre?
Äh… nein!

Jede Dame von Welt macht es wie Sie. Natürlich wäre es wunderbar, die Originale zur Schau zu stellen, aber wer möchte sie schon gern im Sand verlieren…
Es ist viel sinnvoller, die echten Stücke im Hoteltresor zu lassen.
Ja, viel sinnvoller! **Hehe!**
Karlo für seinen Teil…
Schnauf… Keuch…
Was haben wir denn mit den Köffer-chen vor?
Was wohl? Ich bringe diese Monster aufs Zimmer! Der Gepäckaufzug ist kaputt.
Tja, der Fahrstuhl ist nur für Gäste! Nehmen Sie die Personaltreppe!
PLUMPS

Da das Hotel sieben Stockwerke hat und...
GRAND HOTEL
...jedes Stockwerk 25 Stufen, heißt das...
Keuch... Ächz...
Wenigstens nach unten geht es bequem!
WUSCH
Am Abend...
Fünfundzwanzigtausend Stufen! Hab ich tatsächlich gerade noch über zu wenig Sport geklagt?
Pssst! He, Karlo!

Hast du die Kombination?
Noch nicht! Und wie war's bei dir?
Ich habe zwei Nachrichten: Die schlechte ist, auf den Zimmern gibt es nichts zu holen!
Die feinen Damen hier tragen falsche Klunkern! Die echten liegen im Tresor!
Aha, und die gute?
Hihi! Sobald du die richtigen Zahlen hast, kassieren wir die ganze Beute auf einen Schlag!
Gut!
Was sind Sie nur für ein unfähiger Page?
?

Sehen die hier etwa geputzt aus?
A-Aber…
Gibt es Probleme, Gnädigste?
Ich hatte dieses Bürschchen hier gebeten, meine Schuhe zu putzen. Aber leider umsonst!
Also ich…
Hol das sofort nach!
Und wehe, so etwas kommt nochmals vor!
Grrr!
WIENER POLIER
Ist die Dame zufrieden?
Verzeih mir, Katerchen! Das musste sein, damit der Direktor keinen Verdacht schöpft.
Schnaub! Und dabei hast du dich köstlich amüsiert!
Nun ja… ein wenig Genugtuung war wohl schon im Spiel! **Hihi!**

Die Tage vergehen…
Bringen Sie das unbedingt in Sicherheit! Es ist eine Kette von unschätzbarem Wert!
Im Tresor ist sie ganz sicher, Gnädigste!
Na endlich! Das ist die Gelegenheit!
Da wären wir! Diesmal klappt es, das habe ich im Blut!
KLAPP
Ja, mach ruhig die Tür zu! Meinem erfahrenen Auge genügt ein Blick durchs Schlüsselloch!
Drei Umdrehungen nach rechts, drei nach links…
SCHNAPP
Sechs nach… **Autsch!**

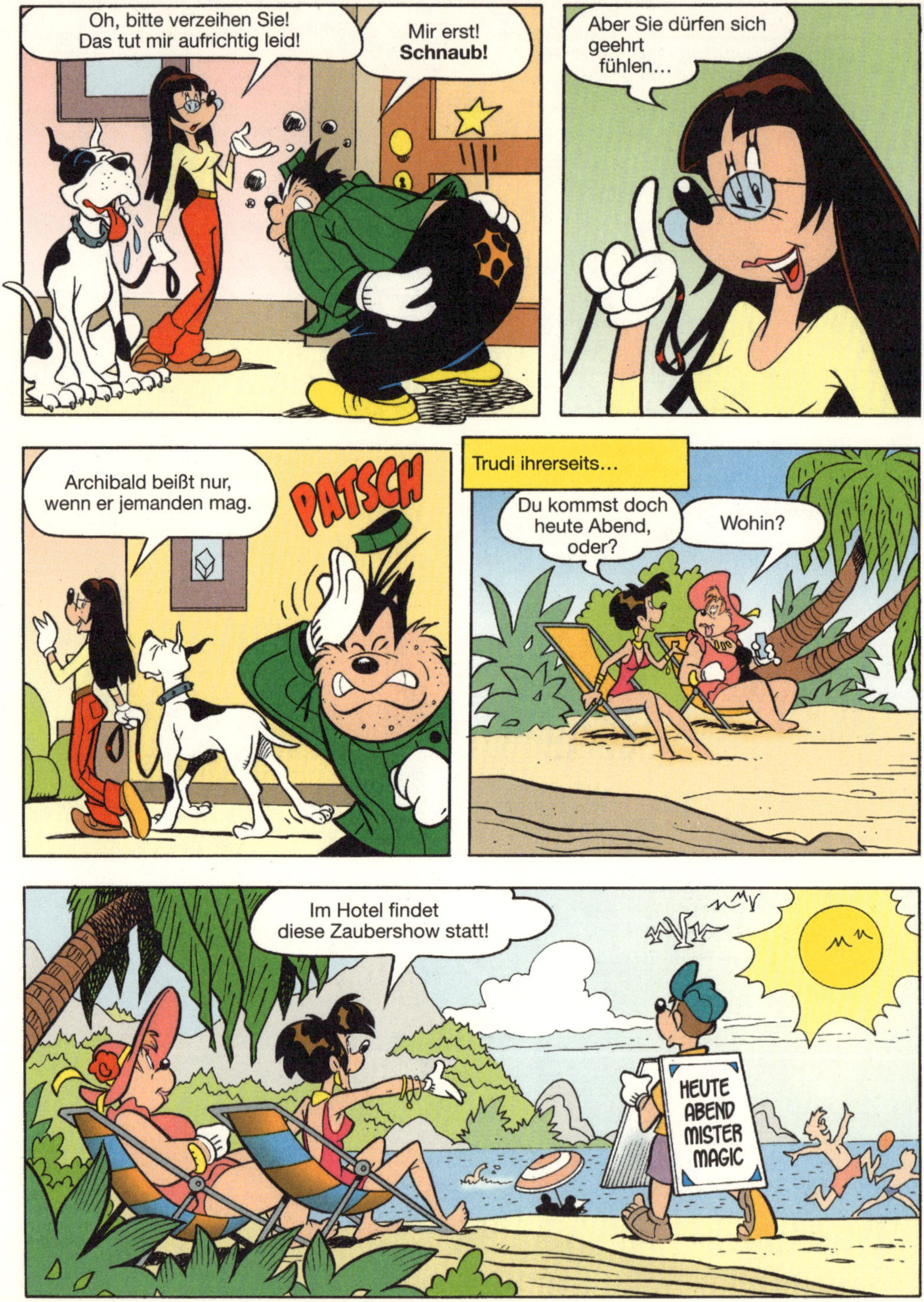
Oh, bitte verzeihen Sie!
Das tut mir aufrichtig leid!
Mir erst!
Schnaub!
Aber Sie dürfen sich geehrt fühlen…
Archibald beißt nur, wenn er jemanden mag.
PATSCH
Trudi ihrerseits…
Du kommst doch heute Abend, oder?
Wohin?
Im Hotel findet diese Zaubershow statt!
HEUTE ABEND MISTER MAGIC

Mister Magic ist phänomenal! Er ist berühmt dafür, Dinge verschwinden zu lassen.
Hehe, so ähnlich wie mein Dickerchen!
Ach, dein Verlobter ist auch Zauberer?
Nun ja, in gewisser Weise schon…
Das wird phänomenal! Auch als Hypnotiseur ist der Mann umwerfend!
Ich werde da sein! Ich liebe Magie!
Derweil…
Ich habe gehört, dass Archibald dich gebissen hat?
Nicht der Rede wert, Direktor!
Natürlich ist das der Rede wert! Wenn seinem Gebiss etwas passiert wäre, hätten wir für den Schaden aufkommen müssen!

Und jetzt Schluss mit der Faulenzerei! Geh und putz die Fenster!
Alle fünfzig! Und auf Hochglanz poliert!
Und während Trudi den Tag am Strand genießt…
Köstlich, nicht wahr?
Schmatz! Ja, wirklich lecker!
EIS
…tut Karlo Dienst.
Pah! Schnaub! Pfui!
WIENER POLIER
Welch Ironie des Schicksals! Der Tresor ist quasi in Reichweite, aber…
…uns trennen ein paar unbekannte Zahlen und ein paar Zentimeter Panzerglas!
POCH POCH

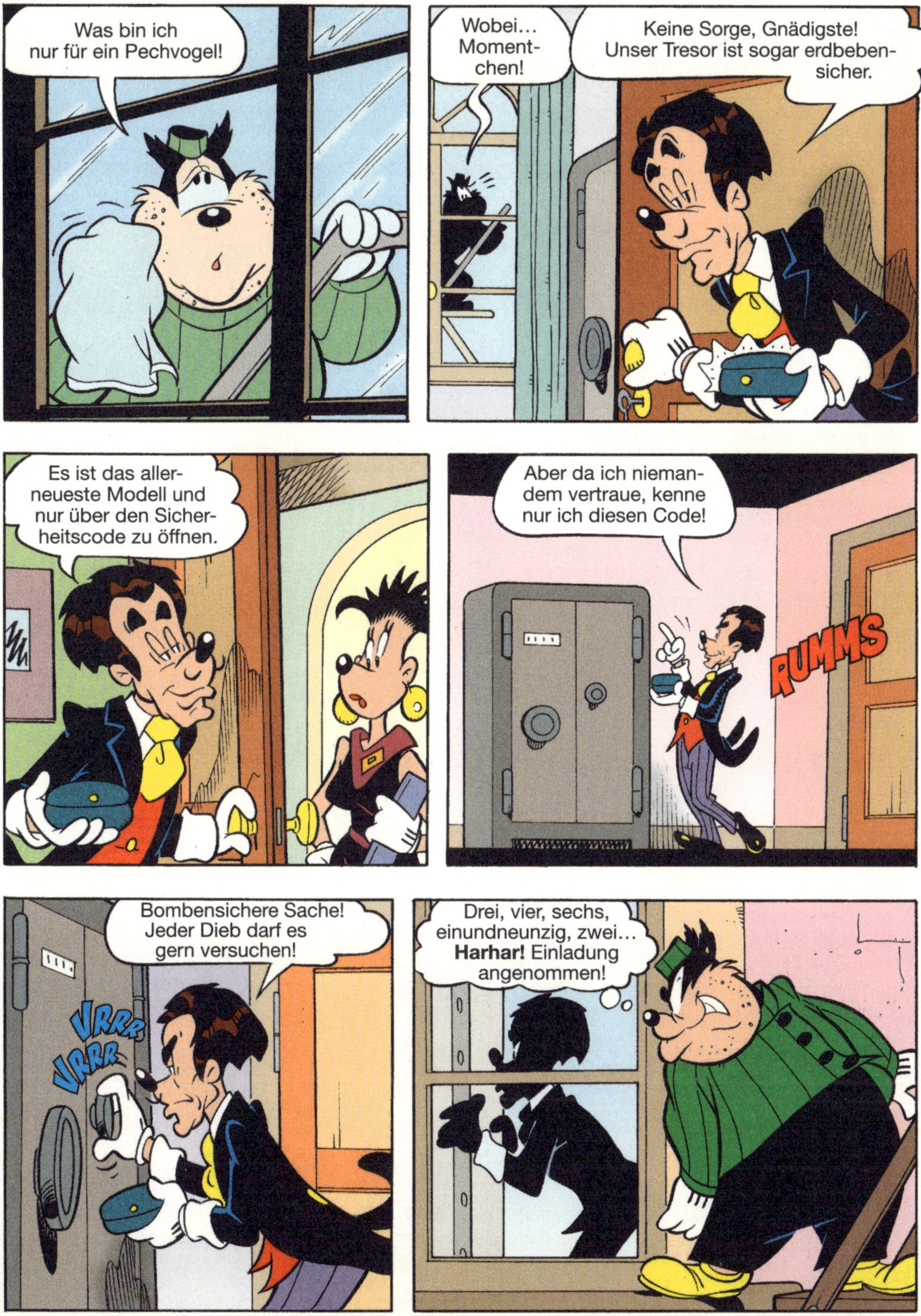
Was bin ich nur für ein Pechvogel!
Wobei… Moment-chen!
Keine Sorge, Gnädigste! Unser Tresor ist sogar erdbeben-sicher.
Es ist das aller-neueste Modell und nur über den Sicher-heitscode zu öffnen.
Aber da ich nieman-dem vertraue, kenne nur ich diesen Code!
RUMMS
Bombensichere Sache! Jeder Dieb darf es gern versuchen!
VRRR VRRR
Drei, vier, sechs, einundneunzig, zwei… **Harhar!** Einladung angenommen!

An diesem Abend endlich…
Perfekt! In diesem schwarzen Aufzug verschmelzen wir geradezu mit der Dunkelheit!
Stimmt! Seufz!
Was gibt's da zu seufzen? Wir landen den Coup des Jahrhunderts, und du bist unzufrieden?
Nein, nein! Aber…
„…heute Abend gibt es im Bankettsaal des Hotels eine Zaubershow!"
MISTER MAGIC UND SEINE MAGIE
Sehr gut! Dann erwarten uns einsame Hotelkorridore, weil alle Gäste bei dieser Show sind!
Alle außer mir! Ich wollte so gern hin!
Grrr! Was muss ich mir anhören! An die Arbeit jetzt!

Wir sind in Kürze Milliardäre, dann kannst du jeden Abend so ein Spektakel sehen!
Trotzdem schade! Mister Magic soll wirklich zauberhaft sein!
Umpf! Jetzt reicht's aber mit dem Rumgejammer! Wir haben eine Verabredung mit einem Stahlschrank!
Und so, an jenem Abend…
Das ist ja wirklich fantastisch!
Das ist noch gar nichts! Sie müssen erst mal die Hypnose erleben!
Zur selben Zeit…
Absolut unglaublich!
Selbst im Traum hätte ich…
…mir ein solches Meer an Preziosen nicht vorstellen können!

Na los, mein Täubchen! Greif beherzt zu!
Mit Vergnügen, Katerchen!
Bald…
Die Luft ist rein! Niemand hier!
Klar, sie sind alle im Bankettsaal… **Seufz!**
Seit wir hier sind, schleppe ich zum ersten Mal mit Freuden eine Last, harhar!
Die Koffer sind bereits gepackt! In einer Stunde sind wir über alle Berge.
310
Huch, mein Pieper meldet sich!
BIIIEP
Der Direktor beordert mich zu sich!
Vergiss es! Machen wir uns lieber aus dem Staub!

Nein, besser ich gehe und er schöpft nicht sofort Verdacht!
Wir reisen morgen früh ab! Ein letztes Mal schuften, und dann warten Luxus und Müßiggang!
Ha! Vielleicht kann ich so wenigstens noch einen Teil der Show sehen!
BAMM
Und während Karlo neue Lasten trägt…
Ächz… Keuch…
…stürzt sich Trudi ins Vergnügen!
Wen haben wir denn da? Eine hübsche Zuspätkommerin!
Tut mir leid!

Schon gut! Sie kommen gerade noch rechtzeitig für meine beste Nummer… die Enthüllungs-Hypnose!
Ich brauche die Hilfe einer freundlichen Zuschauerin… Wollen Sie das nicht sein?
Aber gern!
Fangen wir mit einer einfachen Frage an, meine Schöne! Wie heißen Sie denn?
Trudi!
Und sie kommen aus…
Enten-hausen!
Fabelhaft, oder?
Er hat sie mit nur einem Blick hypnotisiert!
KLATSCH KLATSCH

Psst, schön leise, sonst riskieren wir, das sie auf-wacht!
Nun, liebe Trudi, möchten Sie uns vielleicht ein Geheimnis anvertrauen?
Aber ja doch!
Ich trage falschen Schmuck!
GRAND HOTEL
Keuch… Schnauf…
Nun, das ist nicht weiter tragisch, gibt es sonst nichts zu gestehen?
Oh doch!
Ich habe in diesem Hotel etwas gestohlen.
Huch, das ist Trudis Stimme!

Erzählen Sie uns davon?
Sehr gern! Ich habe gerade einen…
Oh nein, sie wird alles gestehen!
…spektakulären Diebstahl begangen…
Denk nach, Karlo, denk nach!
…und zwar…
Ich hab's!
POLTER
RUMMS
Wo bin ich? Was passiert hier?
Grrrr! Ich hatte doch ausdrücklich um Stille gebeten!

Wer hat dieses Experiment gestört?
Ich bin untröstlich! Mir ist das Gepäck aus der Hand geflutscht.
Sie waren gerade dabei, zu enthüllen, dass sie eine Diebin sind!
Denk nach, Trudi, denk nach!
Sie haben hier im Hotel einen spektakulären Diebstahl begangen, und zwar…
Ich hab's!
…habe ich Ihnen die Show gestohlen! Von wegen Hypnose, Sie Scharlatan! Ich habe nur so getan, als wäre ich hypnotisiert!
Hahaha!
Bravo, Trudi!
Puuuh…
KLATSCH
KLATSCH

Am nächsten Morgen…
Ihre Rechnung, meine Dame!
Danke!
Huch! Zwölftausend Taler? Das ist ja unser ganzes Erspartes!
Wunderbar! Gute Heimreise!
Aber worum sorg ich mich da? Als frisch gebackene Milliardärin!
Ich muss mich leider verabschieden, Direktor! Eine dringende Familien-angelegenheit!
Ausgezeichnet!
Wir weinen dir keine Träne nach! Als Page bist du unta-lentiert!
Ich hoffe doch, dass ich als Milliardär talentierter sein werde! **Harhar!**

Sodann…
Nun, mein Täubchen, wie fühlt es sich an, unglaublich reich zu sein?
Großartig!
Und für dich, Katerchen?
Bombastisch!
Für den Anfang kaufe ich dir eine Halskette aus Diamanten und mir eine Villa an der Cat d'Azur!
Aber ich würde ein Vermögen dafür geben, das Gesicht dieses Schnösels zu sehen, wenn er den Diebstahl bemerkt!
Zur selben Zeit…
Sechs… einundneunzig… und zwei! Sesam öffne dich!

Ah... oh...
Wie konnte das passieren?
KRATZ
KRATZ
Hihi! Zum Glück haben meine Gäste wegen der Show gestern Abend den teuren Schmuck getragen!
Der Schaden beschränkt sich vermutlich auf ein paar hundert Taler!
Ich würde ein Vermögen dafür geben, das Gesicht des Diebs zu sehen, wenn er merkt, dass er wertlose Klunkern gestohlen hat!
ENDE

Kommissar de Mauss: Das gestohlene Geheimnis

Created 2002

Augusto Macchetto (Story), **Marco Gervasio** (Zeichnungen)

Ja! Eine Riesen-antenne. Und ich ahne auch, wer sie wozu verwenden könnte.
Oh!
Man könnte damit Signale ins Weltall senden.
Zum Beispiel könnte die Vorhut einer Alienflotte hier gelandet sein und nun die Invasion vorbereiten…
…um den ganzen Planeten zu erobern!
Was? Ich habe Angst!
Brauchst du nicht. Ich habe nur gesponnen. Ein Kommissar muss seine Fantasie trainieren.
Mampf! Klar.
SENF

Der Eiffelturm ist nur ein Turm…
Aaah!
Was hast du denn nun schon wieder?
Eine Idee zu viel Senf auf dem Brot.
Der beschauliche Tag erfährt am Nachmittag eine jähe Wendung…
Angenehm, De Mauss…
Scht! Flüster… Tuschel…
Zischel… Psss…
Wie meinen?
Ich sagte, wir sind vom Geheimdienst!
Scht!

Verstehe… und wieso sind Sie hier?
Das ist geheim.
Ein Mysterium.
Gut, ich habe zu tun.
Sie arbeiten ab jetzt für uns!
Wer sagt das? Und vor allem, wozu?
Steht alles in den geheimen Anweisungen…
In diesem geheimen Kuvert.
Das wär's. Wo ist der Ausgang?
Der ist geheim! Viel Glück.

Und…
Goofotte, hast du Zeit… **oh!**
Schade, er ist fort. Dabei hätte ich ihn für eine verdeckte Ermittlung gebraucht…
Worum soll's denn dabei gehen?
Aaah!
Musst du mich immer so erschrecken?
Pardon! Aber ich muss auch üben, wenn ich in Form bleiben will.
Verschieb die Übung und begleite mich. Ich soll mich beim Geheimdienst melden.

Der Sinn der Tarnung besteht doch darin, nicht aufzufallen, oder?
Schon, aber wer mit Tischen redet, fällt nun einmal auf.
POFF
QUIETSCH
POFF
PARISER JOURNAL
Da wären wir. Ich hoffe, es ist keine Zeitvergeudung.
RUE DU PANORAMA
POFF
QUIETSCH
POFF
Hm… die Beine knarzen furchtbar.
Es läutet nicht.
4
Unsere Türglocke ist äußerst diskret.
Klar, damit sie keiner hört.
KNAARRR
He, wo steckt denn Goofotte schon wieder?

Kaum später…
Messieurs, ich bin diese Geheimniskrämerei langsam leid…
Scht!
Pst!
…und das dauernde „Scht“ auch!
Leider geht es nicht anders, Kommissar.
Wir wurden zu absolutem Schweigen verdonnert.
Wenn etwas durchsickerte, wäre es das Ende Frankreichs.
Oh!

Kommen Sie.
Aus Sicherheitsgründen gibt es hier zwanzig Blindtüren in Folge.
Stehen die immer alle offen?
Nein, nie! Das ist es ja.
Wieso?
Schnief! Vergangene Nacht ist jemand eingedrungen, hat die Türen geöffnet und das Staatsgeheimnis entwendet.

Hm… dann kennt dieser Jemand offenbar den Geheimcode.
Unmöglich! Den kennen nur der Polizeipräsident und der Staatspräsident.
Le Président?
Genau der.
Aber der ist doch eine Vertrauensperson.
Was wurde gestohlen?
Wie ich schon sagte, das Staatsgeheimnis.
Wie soll ich etwas finden, von dem ich nicht weiß, was es ist?
Sie sind doch Mick de Mauss.

Ihnen bleibt nicht viel Zeit. Tun Sie Ihr Bestes, aber reden Sie mit niemandem darüber.
Pff!
KLACK
QUIETSCH
Das ist doch absurd!
Stimmt!
Goofotte! Warst du bei dem Gespräch dabei?
Ja! Ich stand als Schreibmaschine auf dem Tisch.
Nicht zu fassen!
Das kann ich besonders gut. Hör mal… Klacker-di-Klack, Klack…

Viel später...
Klack-Ticker-Pling! Klicker-Klack...
Es ist gut, ich glaube dir.
CAFÉ
Fein! Wohin geht's?
Ins Gefängnis, zu Kamil Klaqué. Er braucht keinen Code...
...um ein Schloss zu knacken.
Doch...
Kamil? Der wurde diese Nacht auf frischer Tat ertappt, Monsieure le Commissaire.
Aha! Bringen Sie ihn bitte her.

Und…
Alors, gestern Nacht…
Habe ich die Bank ausgeraubt.
Man ergriff ihn, als er das letzte Sicherheitsschloss knacken wollte.
Ein wasserdichtes Alibi. Da hast du Glück.
Au revoir, Commissaire.
KLACK
Die Handschellen!
Tja… Kamil eben.
Der muss nur an einem Schloss vorbeigehen und „Klack“…
Darf ich? Es ist offen.
Grumpf! Lass das!
KLACK

Nur hat uns das nicht weiter-gebracht.
Ich brauche mehr Informationen. Gehen wir zur Rue du Panorama.
CAFÉ
Doch…
Hier war vorhin noch eine Tür.
CINÉMA
LE BARBOUZE
Wir sind ins Kino umge-zogen.
Ach?
INÉMA
Also gut! Gehen wir ins Kino.
Getarnt?
„Nein! Keine Geheimnisse mehr.“
Würden Sie mir endlich erklären, worum es geht?

Nun, im Grunde um eine Skizze.
Von Leogoofo oder Mickiangelo?
MAMPF MAMPF
Die Leinwand ist schwarz. Muss ein Film noir sein. Aber man hört nichts.
POPCORN
Nein, von Guston Eiffel.
Der Ingenieur, der den Turm gebaut hat?
Lauter, bitte!
Genau der! Sie müssen wissen, dass das Symbol von Paris in Wahrheit…
Chef! Der Turm wird belagert!
Dann ist es zu spät!
Aha! Die Vorstellung beginnt.
KNURBS MAMPF
POPCORN

„Kommen Sie! Ich erklär's unterwegs…“
Sie wissen, dass der Turm für die Weltausstellung 1889 gebaut wurde?
Ja!
CAFE
Sollte er nicht nur vorübergehend dort stehen?
Richtig.
„Er sollte nach der Ausstellung demontiert werden…“
Es wäre zu schade, Herr Eiffel. Nach all den Mühen.
Es wäre auch eine Heidenarbeit. Es sei denn…

Es sei denn…
Un instant, Monsieur de Mauss. Anfangs mochten die Pariser den Turm nicht.
Wirklich?
Ja, so war es.
„Man ging sogar andere Wege als sonst, nur um ihn nicht sehen zu müssen…“
La tour… **Pfui!**
Der Turm! **Pah!**
Dégoûtant!
Argh! Der Turm!

„Als die Ausstellung zu Ende war, ging's nicht rasch genug…“
Die Leute protes- tieren. Der Turm muss weg.
Wenn sie höflich gefragt hätten…
Sie halten Engländer in den Fäusten.
Na, wie prak- tisch.
Dann können sie die drei Millionen Schrauben selbst lösen.
Den Rest kennen Sie. Die Pariser gewöhnten sich an den Turm und begannen, ihn zu lieben.

„Und nach einiger Zeit war er für ganz Paris ein wunderbares Monument der Technik, auf das man stolz sein konnte…“
Ah, la tour!
Oh la la!
J'aime la tour!
Ô joie! La tour!

Dabei hatte Eiffel eine Schraube eingebaut, mit der man den Turm im Nu hätte zerlegen können, aber…

„…davon wusste nur er…“
Ich muss sie gut verstecken… ja… da…

Verstehe! Jemand hat die Zeichnung gestohlen, in der diese Schraube verzeichnet ist.
Ja.
Dieser Jemand kann jetzt Frankreich erpressen, indem er droht, den Turm zu zerlegen, und das im…
FLAPP FLAPP FLAPP FLAPP FLAPP
FLAPP FLAPP FLAPP FLAPP
…Handum-drehen.
TAAATÜÜÜ
FLAPP FLAPP FLAPP FLAPP
TAAATÜÜÜ
BLINK
TAAATAAA

Gibt es etwas Neues, Herr Polizeipräsident?
Oui! Der Präsident wird erwartet.
POLICE
Le Président?
Genau der!
Oje! Das macht die Lage nicht angenehmer.
Da ist er!
Los, aus dem Weg mit euch.
Ich sehe ihn nicht.
Kein Wunder. Seine Leibgarde schützt ihn vor der Menge.

Monsieur le Président, wir haben versagt.
Das war mir klar, weil…
…ich der Dieb bin.
Sie?
Wie-so?
Alors, der Innenminister hatte Informationen erhalten…
Kaugummi?
…wonach der Turm eine Antenne ist, die Aliens errichtet haben, um die Invasion…
Ich habe eigene.
…der Erde vorzubereiten. Er versicherte, sein Informant sei integer.
Aber das ist ja…
O nein!

Wer ist der Informant?
Er hier, der Staatssekretär des Äußeren.
Mir hat er es gesagt, der Ministerpräsident persönlich.
Ich hab's vom Justizminister erfahren. Fragen Sie ihn selbst.
Tja, ich…
Genug! Ich weiß, wer schuld ist – ich!
Oder besser Goofotte. Wem hast du erzählt, dass mir der Gedanke kam, der Turm sei eine Antenne?
Dem Chefinspektor. Sehr integre Person.
FLATSCH
PARIS MODE

Und...
Hast du das mit der Alienantenne wirklich geglaubt?
Ja! Und nicht nur ich.
Die Idee ist zu gut. Du solltest einen Roman daraus stricken.
In dem auch der Louvre eine Rolle spielt.
Im Grunde hatte ich bei dem immer schon den Verdacht, er könnte...
LOUVRE
Was?
Das behalte ich für mich.
ENDE

Created 2009

Massimo Marconi (Story), **Sergio Asteriti** (Zeichnungen)

Auch! Aber vor allem bin ich schlauer.
Und deshalb brauche ich nicht in der Hitze zu schuften wie ihr!
GEFÄNGNIS
POLIZEI
Das Einzige, was mich erwartet, ist kleine Häkeldeckchen anfertigen.
Und das dank meiner Intelligenz und meinem Täuschungstalent!
Hier! Wisst ihr, was das ist?
Schlecht gedruckte Banknoten? Haha!

Witzbold! Das sind ärztliche Atteste. Ich leide an allen Krankheiten, die es gibt.
Oh, ich Ärmster! Diese Qual!
Ich kann mich kaum auf den Beinen halten!
Könntest du mich vielleicht tragen?
Ich denke nicht daran!
Schon gut! Ich komme irgendwie zurecht.

Ich bin der geborene Schau-
spieler, ein Naturtalent!
Ich habe Stunden vor dem
Spiegel geübt.
Was haltet ihr
von diesem
elenden Gesichts-
ausdruck?
Gleich geht es dir
noch elender!
Neidisch, wie? Du
Undankbarer bist
gesund…
…während ich… oh, mein armer
Kopf! Wie soll ich da arbeiten?
Und die Hände… seht nur,
wie sie zittern!

Könnten sie etwas Schwereres als eine Häkelnadel halten?
Und mein Rücken erst! Ich mache dem **Glöckner von Notre-Dame** Konkurrenz.
Stütz mich, **Raffi!** Mein Hexenschuss bringt mich um…
Und dann… **au!** Diese Magenkrämpfe!
Kurzum, ich bin ein Invalide. Zu keiner Arbeit fähig!

Und während ihr schwitzt wie Schweine…
…liegst du auf der faulen Haut und häkelst!
Du sagst es, hehe!
Guter Plan… wenn du vorhast, deine ganze Strafe abzusitzen.
Wie meinst du das?
Hier drin verbaust du dir jegliche Aussicht auf Flucht.
Dies ist ein Hochsicherheits-gefängnis! Zwei Meter dicke Mauern, moderne Alarm-systeme…
…Videoüberwachung rund um die Uhr…

Man kommt hier nicht raus! Außer…
Außer… was?
Außer man ist schon draußen.
Wie das?
Ein Genie versteht nicht?
Grmpf!
Überleg doch mal, Karlo! Die Zwangsarbeit findet außerhalb der Gefängnismauern statt.
Ja, und weiter?
Draußen gibt es weder Mauern noch Überwachungskameras…
…lediglich ein paar verkorkste Wachen. Dazu alt und unbewaffnet!
Uh? Wirklich?
POLIZEI

Sicher! Das Gesetz in diesem Staat verbietet es, Waffen außerhalb des Geländes zu tragen.
Endlich ein gutes Gesetz!
Denk darüber nach! Es genügt ein unachtsamer Moment und…
…ab durch die Mitte…
Wer soll mich aufhalten?
Japs! Hechel!
Uff! Halt, oder…
Oder was? Werde ich dann verfolgt? **Harhar!**
Bevor Verstärkung eintrifft, bin ich längst über alle Berge!
Wie ich sehe, hast du es begriffen!
Das lasse ich mir nicht entgehen! Krank war gestern…

...es geht mir prächtig! Ich lasse mich für die härteste aller Arbeiten einteilen!
Und deine Atteste?
Was soll damit sein?
Denk nach. Wenn man sie findet...
SEK 2
...endest du beim Häkeln in der Zelle!
Oh... stimmt!
SEK 2
Ich muss sie verstecken! Aber wo? Und wie?
Ich werde sie auf- essen!
Nein! Gib sie mir, ich kümmere mich darum.
Wie soll ich dir jemals danken?
Schon gut... geh, du bist dran!

Ich will an die frische Luft! Harte Arbeit bin ich gewöhnt.
Hmm… bist du stark?
Ich könnte Steine zerquetschen!
Das wird nicht nötig sein. Hier, deine Arbeit…
…aber beschwer dich nicht!
BONK
Alles in Ordnung?
Könnte nicht besser sein.
Du bist ein wahrer Freund! Das werde…

„…ich dir nie vergessen!“
Schließlich ist es seine Schuld, dass ich hier schuften muss! Die Wachen sind zwar alt und unbewaffnet…
…aber diese Ketten sind hinderlich!
…ebenso die Hunde! Und was die geteerten Straßen angeht…
Grrr…
…da würde ich nicht weit kommen!
Verflucht seien du und deine Ratschläge, Trixer! Hoffentlich bist du noch…

„…schlimmer dran als ich!“
Das Mittagessen für den Chef?
Nein. Für den Häftling in Zelle 13!
Sonderbehandlung, wie? Das gab es noch nie.
Und auch noch keinen so kranken Insassen!
Wenn man seine Gutachten liest, bekommt man direkt Mitleid mit dem armen Kerl.
So schlimm?
Er hat praktisch alle Leiden, die man sich vorstellen kann… und noch ein paar mehr. Aber er schlägt sich wacker.
Stell dir vor, er hat sogar darauf bestanden, sich irgendwie nützlich zu machen!
Ja, ich häkel jetzt für alle. Hehe!
125
ENDE

Created 2006

Pat & Carol McGreal (Story), **Fecchi** (Zeichnungen)

Bestimmt wurde Herr Düsentrieb entführt. Aber warum? Wegen seiner neuesten Erfindung?
Ein Apparat sollte es werden, der die Chemie im Körper so verändert, dass die Leute im hohen Norden während der finsteren Wintermonate nicht mehr der Trübsinn packt! Auf so was muss einer mal kommen.
QUIETSCH
Herrje! Was war denn das?
RUMPEL
Offenbar kramt einer der Halunken noch in Herrn Düsentriebs Büro! Was soll ich nun machen?
Jedenfalls nicht kneifen. Und bis die Polizei hier ist, kann man das von dem Gauner garantiert nicht mehr behaupten. Da bleibt mir wohl nur eines übrig...
Angriff und das Beste hoffen!
Gib auf, Ganove, sonst gibt's was auf die Griffel!

Widerstand ist zwecklos, da bin ich stur! Wen ich mal in der Zange habe, der sieht so bald keine Sonne mehr!
Sonne muss ja nicht gleich sein! Aber lass mich wenigstens die Lampe anknipsen, Kamerad!
Micky! Du bist das?
Hallo, Donald! Sehr erfreut, dich zu sehen! Wie wär's denn, wenn du mich jetzt loslassen würdest?

Wenn's drauf ankommt, ist mit mir nicht zu spaßen! Also verrate mir lieber freiwillig, was du mit Herrn Düsentrieb angestellt hast!
Ich gar nichts! Aber irgendjemand hat, das ist wohl richtig.
Ich habe Grund zur Annahme, dass Herr Düsentrieb von einer geheimnisvollen Gruppe namens „Ninjas der Nacht" entführt wurde.
Hör auf! So einen Schwachsinn gibt's höchstens in Comics!
Manchmal denke ich, mein ganzes Leben ist ein Comic. Aber diese Vereinigung existiert wirklich!
ROMMS
Ich bin ihr auf der Spur, seit Doktor Zweistein vor einiger Zeit spurlos verschwun-den ist.
Doktor Zweistein? Das ist doch auch ein Erfinder! Ob es da einen Zusam-menhang gibt?
Helles Köpfchen. Hast du's mal als Stehlampe versucht? Im Ernst, die Spur führte hierher...
...aber ich kam zu spät. Woran hat er gearbeitet?
So gefragt, hatte es irgendwas mit Wetter, Wohlfühlen und so weiter zu tun.

Wer sind denn diese komischen Ninjas? Und was treiben sie?
Das versuche ich rauszufinden. Vielleicht hat Herr Düsentrieb einen Hinweis hinterlassen.
Hm! Seitenweise Berechnungen, bei denen ich nicht durchblicke.
Ich finde das Gekritzel am Rand interessanter. Sieht aus wie eine Zeichnung.
Ob er uns damit was sagen wollte? Ein Gesicht, das böse blickt, und ein Vogel über hohen Wellen.
Richtig! Das kann nur eins bedeuten: „Mürrische Möwe“!
Das ist eine Kneipe unten am Hafen! Gehen wir, Donald!
Augenblick! Glaubst du allen Ernstes, dass ich mich auf eines dieser haarsträubenden Abenteuer mit dir einlasse?
O ja, das glaube ich!
Ich gebe ja zu, du hast was Mitreißendes an dir. Aber ob mir das gefällt, möchte ich lieber nicht sagen.

Bald darauf, in einer finsteren Ecke des Hafens...
Die Mürrische Möwe! Es gibt wohl keinen Ganoven in der Stadt, der im Laufe seiner Karriere nicht schon mal die Türklinke dieser Kaschemme in die Hand genommen hat.
Jetzt kann ich nur hoffen, dass unsere Verkleidung auch hält, was wir uns davon versprechen!

Hauptsache, du machst einen auf hartgesotten!
Ist meine Spezialität. Pass auf!
Schieb deinen Schinken vom Schragen und schleich dich, Schwabbelbacke! Wenn ich mir nicht gleich die Kehle öle, staubt's hier drin, dass kein Auge trocken bleibt!

Starke Worte, Partner! Aber übertreib's nicht, ja? Wir wollen nicht zu sehr auffallen.
Was soll's sein: Rum, Whisky, Wodka, Bier?
Ich nehme ein Glas Milch!
Milch? Uahahaha!
Habt ihr gehört? Der Windelpupser will Milch! Wahrscheinlich warm!
Seht euch das Weichei an!
Hoho! Harharhar!
Bist du noch zu retten? Nennst du das etwa hartgesotten?
In einem schmutzigen Glas, klar?
Klar! Kein Grund zur Aufregung! Nur ein Scherz! Nichts für ungut!

Los, füll nach! Und diesmal ohne Kommentar, sonst werd ich mindestens so sauer wie dieses Gesöff!
Scheint, als hätte Donald die Sache fürs Erste im Griff. Wird Zeit, dass ich mich ein wenig umhöre!
Aha! Fußvolk der Ninjas der Nacht. Das sieht man an den Klamotten, so viel weiß ich bereits!
Also echt, ich finde, es war Stress genug, diesen irren Erfinder ins Hauptquartier zu schleppen.
Da hätten sie uns nicht auch noch zum Bahnhof scheuchen müssen.
Um zwei Typen aufzulesen, die wir nicht mal kennen.
Alles ist eben geheim in dem Verein.
Wohl wahr. Aber soweit ich weiß, sind die beiden ziemlich hohe Tiere. Besser, wir lassen sie nicht warten! Komm!
Bloß kein vorauseilender Gehorsam, Kollege.
Ich will keinen Ärger haben. Das sollen ganz harte Burschen sein!

Hab ich auch gehört! Sag mal, wie hießen die beiden doch gleich?
Raumann und Rabautsky. Direkte Handlanger vom Boss!
Aber wieso fragst du mich das? Du kennst die Namen doch selbst!
Was quasselst du eigentlich? Ich hab dich nichts gefragt!
Ich an deiner Stelle würde die Zitterei sein lassen. Wenn du das Eis danebenkleckerst, geht's dir an den Kragen.
Aber kalt lächelnd.
Donald!
Nimm die Beine unter den Arm! Wir müssen schnellstmöglich zum Bahnhof, ehe uns die beiden Banditen zuvorkommen!
Sei froh, dass du mich hast, Partner! Ich kenne sämtliche Abkürzungen in und um Entenhausen!

Und schon ist die wilde Jagd in vollem Gange...
Das ist Kurventechnik und Gespür für den richtigen Moment, was? An mir ist ein Formel-1-Pilot verloren gegangen!
Und nie wieder gefunden worden! Sieh zu, dass du deine Neffen nicht zu Vollwaisen machst und versuch, dicht an den Kleiderständer ranzurauschen!
Wir brauchen ein paar Kleinigkeiten für unsere nächste Verkleidung!
Ich hab keine Lizenz zum Straßenverkauf! Ich mach mich strafbar!
Nur ausnahmsweise, mein Bester! Hier, das reicht bestimmt auch für ein Knöllchen!

Wenig später, am Hauptbahnhof von Entenhausen...
Ich glaub, wir sind immer noch zu früh dran. Außer den beiden dort herrscht hier gähnende Leere.
Jau, aber wenn die beiden nun unsere beiden sind?
Lässt sich leicht rausfinden. Frag sie einfach!
Entschuldigen Sie, sind Sie vielleicht die Halunken, die wir abholen sollen?
Seht ihr hier sonst noch wen? Wir sind einen Zug eher angekommen.
Und wir warten seit einer Stunde darauf, dass ihr staubigen Brüder auftaucht!
Aber wir haben nicht gewusst, dass Sie früher kommen!
Faule Ausrede! Ist das vielleicht ein Grund, zu spät hier zu sein? Aber gut, bringt uns jetzt gefälligst zum Hauptquartier!

Das Hauptquartier erweist sich als alte Villa in den Hügeln hoch über der Stadt...
Wir heißen Sie willkommen, Raumann und Rabautsky, erhabene Vertreter des Erhabenen Höchsten!

Ihr Besuch ist eine große Ehre für den Entenhausener Zweig der Ninjas der Nacht!

Also ehrlich, Ninjas hab ich mir immer anders vorgestellt.
Denen ist wohl kein besserer Name eingefallen. Und du, fall nicht aus der Rolle!
Äh, darf ich fragen, wo Sie den Koffer mit dem schweren Wasser und dem Nocturntherium gelassen haben?
Was faselst du da für ein Räuberlatein, Kerl?
Aber der Erhabene Höchste sagte, dass Sie das Material mitbringen würden!
Und jetzt ist weit und breit kein Koffer zu sehen. Ich meine, da zweifelt man doch...
...an eurem Verstand! Schweres Wasser wiegt, und nicht zu knapp! Erwartet ihr im Ernst, dass ich das Zeug in einem Täschchen mit mir herumschleppe?
Versteht ihr, wir haben das schwere Wasser und das Nictu... Noctu... das andere Zeug per Einschreiben geschickt. Es muss jeden Moment ankommen.
Ach so? Na, dann ist's ja gut!

Und Sie kennen den Erhabenen Höchsten wirklich höchstpersönlich?
Aber sicher! So eng sind wir miteinander!
He, Micky! Kannst du mir mal verraten, wer dieser „Erhabene Höchste“ eigentlich ist?
Das versuche ich ja rauszufinden!
Los, lenk unsere Gastgeber ein wenig ab, damit ich mich umsehen kann!
Keine Bange! Denen tische ich ein paar Schnurren aus der guten alten Zeit auf!
Ja, der hohe Höchste und ich kennen uns schon so lange, dass es gar nicht mehr wahr ist! Als Küken haben wir schon zusammen Murmeln gespielt, wobei ich ihn immer abgezockt hab!
Sieh an! Ist ja kaum zu glauben!

In der Zwischenzeit hat Micky eine Art Büro entdeckt...
Hmm! Stadtpläne mit markierten Wegen. Tabellen, die sich auf das Stromnetz beziehen. Was bedeutet das?
KLICK
Eine Nachtsichtbrille? Das wird ja immer geheimnisvoller! Oh! Was ist das für ein Singsang?
WIR GEHORCHEN DEM HÖCHSTEN!
Das hört sich ja schauerlich an! Es kommt irgendwo aus den Katakomben der Villa!
WIR GEHÖREN DEM HÖCHSTEN!
O Mann! Finster wie im Kohlenkasten ist es hier. Gut, dass mir die Nachtsichtbrille unter die Finger gekommen ist...
Herrje! Ich traue meinen Augen kaum!
WIR FOLGEN DEM HÖCHSTEN!

Wir gehorchen dem Höchsten!
Ninjas, die in völliger Finsternis trainieren. Na, immerhin erklärt das den Namen der Bande!

Derweil...
...und da waren wir dann also! Raumann zu meiner Linken. Der Höchste zu meiner Rechten. Ich in der Mitte. Drei gegen dreihundert!
Raumann haben sie übel am rechten Arm erwischt. Der Höchste hat noch Wochen später gehinkt. Und mir haben sie den Bürzel rasiert. Drei gegen dreihundert!
Wie haben wir gekämpft! Unerbittlich, unnachgiebig, unglaublich! Drei gegen dreihundert!
Stöhn! Ist ja kaum auszuhalten, die Spannung! Und wie ging's aus?
Was für eine Frage! Natürlich haben wir die Burschen fertig gemacht! Aber ich muss zugeben, sie haben sich wacker geschlagen!
Mann!

Wenn ich die alte Geschichte erzähle, fühle ich mich wieder jung!
He, kann mir mal einer erklären, warum keiner von euch Kameraden am Bahnhof war?
Taxi war zu riskant, also mussten wir den Koffer mit dem schweren Wasser bis hierher schleppen. Wisst ihr, was das heißt?
Schweres Wasser wiegt, und nicht zu knapp!
Wer seid ihr denn?
Na, wer wohl, ihr trüben Tassen! Raumann und Rabautsky natürlich!
U-und wer ist dann der da?
Jemand, der weiß, wann es Zeit ist, sein Heil in wilder Flucht zu suchen!

Micky! Wo steckst du? Wir müssen hier weg! Sie sind uns auf die Schliche gekommen!
Himmelnocheins, Donald, halt bloß den Schnabel!
Schau lieber mal da runter, dann weißt du, warum die Ninjas der Nacht sich so nennen, wie sie sich nennen!
Ich schaue, aber sehen tu ich nichts!
Das hatte ich vergessen! Hier, setz die Nachtsichtbrille auf! Und?
Und **kreisch!**
Sie kommen, Micky! Irgendwie müssen sie uns wohl gesehen haben!
Eher gehört! Weil du gekreischt hast wie eine Kreissäge!

Auweia! Ich gehe jede Wette ein, dass das die echten Raumann und Rabautsky sind!
Und die Ninjas direkt hinter uns. Wir sitzen in der Falle!
Verflixt, ist das finster hier!
Man sieht überhaupt nicht, wen man verdrischt!
Mich jedenfalls kannst du aufhören zu dreschen!
Einen haben wir! Aber wo ist der andere?
Dank der Brille konnte ich ihnen zwischen den Fingern durchschlüpfen! Aber der arme Micky hatte keine Chance!

Was für eine zähe kleine Ratte! Wehrt sich noch, obwohl er verschnürt ist wie ein Rollbraten! Wer ist der Kerl?
Sieh doch genau hin! Erkennst du ihn nicht?
Der Kleine ist der Lieblingsfeind vom Höchsten!
Bin ich das?
Den servieren wir dem Höchsten als Zugabe, wenn wir das schwere Wasser und das Nocturntherium abliefern!
Hehe! Der Erhabene Höchste wird bestimmt seine Freude haben an unserem Geschenk. So was bringt Punkte!
Bin gespannt, ob er den Zwerg erst auspackt, bevor er ihn über die Klinge springen lässt!
03DY

Warum hab ich das Gefühl, dass das eine Situation ist, mit der Micky ausnahmsweise nicht alleine fertig wird?
Und warum hab ich das Gefühl, dass ich dieses Gefühl nicht einfach verdrängen und mich aus dem Staub machen darf? Seufz!
Weil ich eine treue Seele bin. Treudoof, könnte man sagen. Aber wenn's drauf ankommt, ist auf mich Verlass!
Und jetzt kommt's drauf an! Nicht nur, dass die kleine Nervensäge in der Klemme steckt. Eigentlich geht es hier in erster Linie um Herrn Düsentrieb!
Bloß weiß ich nicht, was ich vorhabe. Und das beunruhigt mich doch ein wenig.

Viele Kilometer später...
Sieht so aus, als wollten sie rauf zum Mount Scarpa. Versteh ich nicht. Da oben gibt's weit und breit kein Gebäude. Schauder! Ist das eine Affenkälte!
Brrr! So wie ich schnattere, könnte man glatt denken, ich hätte eine Ente unter meinen Vorfahren.
He, die holpern ja rüber zum Wasserfall! Was soll das werden? Eine kostenlose Autowäsche? Die Idee würde Onkel Dagobert sicher gefallen...
Spotz! Brrr! Jetzt kapier ich! Hinter dem Wasserfall liegt eine Höhle! Das geheime Hauptquartier der Bande!
Und es wird immer besser. Das hätte ich mir nie träumen lassen. Der geheimnisumwitterte Erhabene Höchste ist kein anderer als...

Das Schwarze Phantom!
Seid mir gegrüßt, meine getreuen Ninjas der Nacht! Und seid willkommen im Herzen des Bösen!
Von hier aus soll der größte meiner Triumphe seinen Ausgang nehmen: Operation ewiges Dunkel! Ich will hoffen, dass ihr bringt, was mir zur Vollendung meiner Pläne fehlt!

Das und eine kleine Überraschung, Erhabener Höchster. Eine freudige, wie wir schwer hoffen!
Fragt sich, für wen!
Diesen kleinen Schädling haben wir in unserem Hauptquartier beim Schnüffeln geschnappt!
Dazu fallen mir Worte ein, die ich nicht mal kenne!
Micky Maus!
Da war noch einer. Einer mit Plattfüßen und einem Matrosenjäckchen. Aber der hat die Mücke gemacht!
Wenn schon! Das spielt keine Rolle mehr. Unser Versteck findet so schnell keiner. Und wenn doch, kommt er ohnehin zu spät!
Vielleicht ist ja zwischendurch ein wenig Zeit, um sich mit dem Störenfried zu beschäftigen.
Allerdings! Auf diesen Moment habe ich lange gewartet!

Doch vorher werde ich mir das Vergnügen gönnen, unserem Meisterdetektiv meinen genialen Plan bis ins kleinste Detail darzulegen. Ein wenig Eitelkeit muss sein.
Doktor Zweistein zu entführen war ein Kinderspiel. Und ein Klacks, ihn dazu zu zwingen, seine neu erfundene Wetter-maschine umzubauen.
Tut mir leid! Ich bin wohl nicht zum Helden geboren.
Die Maschine, die ihre Energie aus schwerem Wasser gewinnt, wird die Welt in eine dichte Wolkendecke hüllen. Ewige Finsternis wird die Folge davon sein.
KLICK!
Dann werde ich mittels einer veränderten Düsentrieb'schen Erfindung die Erde mit natronsauren Nocturntheriumstrahlen bombardieren!
Dadurch werden alle Menschen mit einer unbezwingbaren Furcht vor dem Dunkel der Nacht infiziert!
Alle starren auf den Schurken. Wenn ich überhaupt eine Chance habe, dann jetzt!
Die Macht wird mein sein und meine Herrschaft ohne Gnade! Gegründet auf meine treuen Ninjas, die gelernt haben, sich in völliger Finsternis zu bewegen!

Dich kann man wohl keine Sekunde aus den Augen lassen, was?
Donald! Bin ich froh, dich zu sehen! Bind mich los, schnell!
Schau, Erhabener Höchster! Da ist der komische Komplize von dem Kleinen!
Auf frischer Tat ertappt! Nur tun hab ich leider noch nichts können!
Ich muss Zeit schinden und Micky den Rücken freihalten!
Weißt du was? Ich seh rabenschwarz für dich, du Bettlaken auf Beinen!
Wenn Donald die Bande lange genug ablenkt, könnte es klappen!
Ich spüre, dass der Knoten bereits nachgibt!
Geh und langweile jemand anderen. Für mich bist du kein Gegner.
Ungh!
Er nicht, aber ich! Wenn wir bisher aneinander geraten sind, hast immer du das Veilchen abgekriegt!
Umpf!

Na, wer wird sich denn so schrecklich aufregen?
Donald! Du musst Doktor Zweisteins Maschine zerstören!
Das dauert zu lange! Aber vielleicht hilft's, wenn ich blindlings ein paar Knöpfe drücke!
SPRATZ
Oje! Das halte ich für eine weniger gute Idee.
Mit anderen Worten, die Höhle fliegt gleich in die Luft! Ich meine, ich bin so was ja gewöhnt, aber...
Und wieder wird Genie durch schiere Einfalt zunichte gemacht. Seufz! Wie soll man Böses schaffen, wenn das Gute dauernd gewinnt?
Flieht, meine Getreuen! Wir haben hier nichts mehr verloren!
Micky! Das Schwarze Phantom entkommt!
Egal! Wir müssen Doktor Zweistein und Herrn Düsentrieb befreien!

Hektische Momente später...
Geschafft! Wir sind raus aus der Höhle!
Aber noch nicht aus dem Gröbsten! Alle mir nach, Herrschaften!
Autsch!
Ahumpf!
KA-BUUUMM
Uff, äh... alles in Ordnung?
Den Umständen entsprechend. Aber höchstens.

Nun, ich denke, wir können ganz zufrieden mit uns sein, Donald. Immerhin haben wir, in aller Bescheidenheit, die Welt gerettet!
Wundert dich das, Micky? Gemeinsam sind wir eben absolut unschlagbar. Besonders ich... hihi!
ENDE

Created 1998

Tito Faraci (Story), **Fabio Celoni** (Zeichnungen)

„Keinen Knoblauch!“ **Haha!** Der war gut!
Kinds-köpfe!
Harhar!
Wir haben Kostüme für das Maskenfest am Samstag heraus-gekramt.
Wow, Karlo! Das ist ja der Hammer!
Nimm doch das hier! Das haut alle um!
?!
Halt, Finger weg von dem da!
Schon gut, schon gut! Reg dich nicht auf!
Das war ein fantastisches Abendessen! Danke!
Dank deiner Anwesenheit, Gina!
Ähm … entschuldige übrigens wegen vorhin. Ich wollte nicht…
Lass mal! Das konntest du ja nicht wis-sen!
Da hängen einfach Erinnerungen dran.
Ich liebe alte Geschich-ten!

Oh bibibibibittte, erzähl sie uns, Karlomaus!
Aber, nein! Ich…
Komm schon! Das bleibt doch unter uns!
Worum geht es? Einbruch? Betrug? Erpressung? Raubüberfall?
Nein, eher etwas… wenn das bekannt würde… Puh, das wäre wirklich rufschädigend!
Brrr! Das muss ja wirklich eine üble Sache sein!
Jetzt spann uns nicht auf die Folter!
Na los, erleichtere dein Gewissen!
Na schön, hört zu!
Ich hatte gerade ein Äuglein auf eine Vitrine beim Juwelier geworfen… als ich geschnappt wurde!
„Und so saß ich mal wieder im Gerichtssaal und wartete auf meine Verhandlung."
RICHT
RECHT

„Die gewohnte Routine also…“
Wie öde!
Karlo, du hier?
Billy, wie geht's dir?
Der Richter hat mir drei Monate in Baumheim aufgebrummt.
Kenne ich! Wenn ich mich recht erinnere, war das Essen da nicht so schlecht.
Der Angeklagte Karl Friedhelm Katermann bitte vortreten!
Oh, ich bin dran! Bis bald!
Wenn mir ein Ausbruch gelingt, besuch ich dich!
Nur ein kleiner Scherz, Wachtmeister!
„Der Richter schien ganz in Ordnung, nicht so streng. Hätte nie gedacht, dass der mir einen bösen Streich spielen könnte!“
Sie sind der berühmte Kater Karlo, nehme ich an?
„Ich versuchte, ihn davon zu überzeugen, mich diesmal nicht einzubuchten. Wie hätte ich ahnen sollen, dass er meine Bitte erhört?“
Ich, ich, wollte nicht… war das gar nicht… nicht meine Absicht, dass… Ich bin unschuldig!

WUMM
HÄMMER
WUMM
Genug! Meine Entscheidung ist gefallen!
Ich spreche ein mildes und zugleich exemplarisches Urteil!
?
Der Angeklagte hat es gegenüber Gesetz und Polizei stets an Respekt fehlen lassen. Also wird es Zeit…
…ihm vor Augen zu führen, wie wichtig und aufopferungsvoll die Arbeit der Ordnungskräfte ist.
Deshalb wird er von morgen an für eine Woche als Wachtmeister bei der Polizei Entenhausens Dienst tun!
Hat der Beklagte das Urteil verstanden?
Ich denke schon, Euer Ehren!
Ist ein Arzt im Saal?

HA HA HA HA HA
Du als Polizist? **Hahaha!** Nicht zu glauben!
Grmpf! Kann ich weiter-machen?
Da gibt's überhaupt nichts zu lachen!
HAHA HAHAHA
Reicht es nicht lang-sam mal, oder wie?
HA HA HA
HA HA
Beruhigt euch wieder, Jungs!
HAAAHAA

Sei im Namen aller willkommen auf der anderen Seite des Zauns, guter alter Feind!
Dein Dienst beginnt heute Abend. Du gehst mit einem meiner Leute auf Streife. Als „externer Beobachter", versteht sich!
Komm mit, ich mache euch bekannt!
Adieu, Kollege!
Hehe!
Vorsicht vor Dieben!
OMMISSAR HUNTER
Witz-bolde!
Hunter, hier! Schicken sie bitte Oberwachtmeister Arnold Schwartenäcker zu mir!
Der Arnold Schwarten-äcker?
Ja, der! Am Anfang seiner Lauf-bahn!
Mir war sofort klar, mit wem ich es da zu tun hatte!
Ich bedaure sehr, dass ich 32 Sekunden länger als üblich gebraucht habe, in Ihr Büro zu kommen, Chef! Bitte lassen Sie mich das erklären…

Mir ist aufgefallen, dass mir beim letzten Gehalt 0,16 Taler zu viel bezahlt worden sind. Ich habe mich verspätet, um den Betrag zurückzuerstatten…
… inklusive Zinsen in Höhe von 9,15 % netto pro Tag…
Schon gut, schon gut! Das genügt!
Ähhh?
Das hier ist unser Findelkind! Ihr werdet für eine Woche gemeinsam auf Streife gehen!
Ich hoffe auf eine harmonische Zusammenarbeit, ganz ungeachtet Ihrer tadelswerten Fehltritte.
Klar doch, Arni! Kannst mich Karlo nennen.
!
KLATSCH
Arnold Schwartenäcker war Jahrgangsbester an der Polizeiakademie. Er ist neu bei uns, hat sich aber bereits einen Namen gemacht!
Wenn irgendjemand dir etwas Zucht und Ordnung beibringen kann, dann er!
Oder ich bringe ihm was bei! **Harhar!**

„Und so begann eine unvergessliche Woche…“
BUL
Das ist unser Fuhrpark!
Wirklich sehr beeindruckend!
Schau an, da hat jemand einen Fußabtreter verloren.
Nun…
Könntest du den nach der Benutzung bitte unter den Sitz legen?
Ups!

„Ich gab mein Bestes und versuchte etwas Einsatzfreude zu zeigen!“
Na schön, irgendjemand muss diesen schmutzigen Job ja machen! Auf geht's, Partner!
Den Sicherheitsgurt, bitte!
Seufz!
Dein Hut sitzt nicht vorschriftsmäßig!
Echt?
Hm, so vielleicht?
Nee.
He, ihr habt ja sogar Radio!
Nein! Das ist kein Radio! Finger weg bittschön!

KLICK
Hast du's angeschaltet?
Ich? Aber nicht doch!
BRUMM
Bist du sicher?
Wollte nur ein bisschen Musik…
Aber das ist kein Radio, sondern ein Funkgerät!
Na und, können wir nicht über Funk Radio hören?
He, du hast das Mikro angeschaltet!
Ich hab gar nichts angeschaltet, Nölpflaume! Nur diese Taste gedrückt…
D-d-du bist … wirklich ungezogen!
Oh, welch tödliche Beleidigung! Ich Ärmster!

Oh Mann, das muss öde gewesen sein!
Nun ja, einerseits schon…
„…anderseits aber auch nicht!“
Hier Zentrale! Einbruchsversuch an der Ecke 5te und 9te Straße.
Hier Oberwachtmeister Schwartenäcker, Einheit 5202. Wir übernehmen!
SCHMUCK
INC
Pff… Verdammtes Gitter!
Halt, stopp!
Hää…
Aha!
Hallo, altes Haus! Wie steht's?
Ihr kennt euch?
Ja!
Nein!

Immer zu Scherzen aufgelegt, was Karlo? Aber was soll dieser Aufzug?
Nun ja, also…
Verstehe! Das ist eine Maskerade! Wie damals bei der Bank von Grätenhausen.
Was meint er damit?
Ach, nur ein Scherzchen! Nichts von Belang! Oder, Sam?
Na ja, für einen Profi wie dich mag das nicht von Belang sein, aber Junge, Junge… War das ein Coup! Und du bist nie aufgeflogen!
Du fantasierst, mein Bester!
Aber in diesem Viertel ist wirklich viel Polizei unterwegs!
Und du, junger Freund? Wenn du Arbeit suchst, interessiert dich vielleicht der Überfall auf einen Supermarkt, den ich gerade plane.
Schätze, das interessiert ihn!
Hättest du was gesagt!
Hättest du nix gesagt!

Sam war noch nie ein Mann der wenigen Worte!
Allerdings! Ich verdanke seinem Gesäusel eine Anklage für die Sache in Grätenhausen.
Na los, Jungs! Wir wollen den Rest der Geschichte hören!
Hatte die Sache denn auch gute Seiten?
Aber ja, die Verpflegung!
„Die Imbissläden, bei denen wir Halt machten, waren echt 'ne Wucht!"
FRITTEN FRED
BURGER
Ich hätte gern einen Diät-Burger ohne Brot!
MENÜ
Und ich einen „Doppelten" mit doppelt Soße!
„Was man von meiner Begleitung nicht sagen kann!"
Ein Krümel! Das-da-auf-dem-Sitz ist ein Krümel!
P
Du irrst dich, Arni! Das ist ein Mayonnaise-Fleck!
„Nach Dienstschluss war ich jedenfalls todmüde!"
Einen Moment noch!
Gähn… Mach hin, 's ist gleich Tag!
P
SAUG

Na endlich! Das war eine anstrengende Nacht!
Wem sagst du das?
Komisch, sieht aus, als hätte jemand unser Schloss manipuliert! Das gibt Ärger…
Ooooh!
PLATSCH
…oder Müll!

Hahaha!

„Als Klassenbester war Arni schon immer ein beliebtes Angriffsziel für gewisse Ulknudeln."
Ha! Ha!
Hier bitte! Schön die Stadt sauber halten, mein Bester!
Jetzt übertreibt ihr es aber, Jungs!
Tss, was du nicht sagst, Bübchen! Schon vergessen, dass unser Chef was gegen Diskussionen unter Polizisten hat?
Du erlaubst?
Ich bin kein Polizist!
Schluck!
Ähm… Tag auch! Mein Spind hat ein Problemchen mit der Tür!
Welche Art von Wehwehchen?
AUSRÜSTUNGEN UND BESCHWERDEN
Sieht man doch, oder?
?!
AUSRÜSTUNGEN UND BESCHWER

„Unser letzter Abend auf Streife verlief eigentlich ganz harmonisch. Oder fast!“
So schlimm war die Woche gar nicht, offen gesagt!
Mir wird sie unvergessen bleiben, offen gesagt!
Eine Woche? Dann ist heute der 15.?
Ja, und?
BREEEEMS
Das ist der Geburtstag von Tante Cloe! Ich hätte vergessen, zu gratulieren!
Ich lasse dich für ein klitzekleines Telefonat allein! Rühr dich nicht vom Fleck und stell vor allem keinen Unfug an!
Ja, ja! Nervensäge!
Wer würde sich bei dem Wetter schon vom Fleck rühren! Und…
…wohin sollte ich wohl gehen?
SUPER BURGER

Ach, Onkel Paul ist auch da! Ja schön, dann gib ihn mir!
SUPER BURGER
Achtung, Achtung! An alle Einheiten zwischen fünfter und siebenter Straße!
Ein weißer TS Monster verfolgt den Kleinlaster einer Fälscherbande. Am Steuer sitzen…
… verdeckte Ermittler. Gewähren Sie unbedingt freie Fahrt und behindern Sie die Verfolgung nicht!
Tschüss, Tantchen! Ich muss auflegen!
SUPER BURGER
Neuigkeiten?
Uff! Was soll's… rülps… schon Neues geben?

Nichts! Und mein sechster Sinn sagt mir, das bleibt ein ruhiger Abend!
VVVVRRRRRRRRRRROOOOOM
PENG
QUIIIETSCH
TS MONSTER
?!
Wer war das?
Keine Ahnung, aber die werden bald wissen…

… wer Arnold Schwarten-äcker ist!
QUIETSCH
TIEFGARAGE EINFAHRT
W-was hast du vor?
3
Ich nehme eine Abkürzung!
AUSFAHRT EBENE 3
VROAAR
ROAR

KAWUMM
Nicht umsonst hatte ich bei Verfolgungsjagden immer Bestnoten!
Ächz!
So, Freundchen! Jetzt steigst du mal aus, damit ich deine Verbrechervisage sehen kann!
Vielleicht solltest du erst mal das hier sehen, du Dreikäsehoch!
Eine D-Dienstmarke?
P
HA HA HA HA HA
Und damit endete meine kurze Polizeikarriere!
Und so verdienstvoll!
Mit einem brillanten Polizeieinsatz!
Keine falsche Scham, ein echter Erfolg!

Danke, Karlo! Das Essen war wirklich fantastisch!
Und die Geschichte erst!
Harhar! Aber… das bleibt unter uns!
Bin ich müde! Ich kann's kaum erwarten, in die Federn zu kommen!
Hm, ich bleib noch ein bisschen und genieße die Wärme des Kamins!
Gute Nacht, Katerchen!
Nacht…

Grmpf! Sicher wieder so ein dämlicher Klinkenputzer…
DING DONG
DIPLOM POLIZEI-AKADEMIE
Tut mir leid, Meister! Ich kaufe nichts!
Du hier?
Na dann, geb ich eben einen aus, Partner!
FRITTEN FRED BURGER
Was willst du hier? Reicht es nicht, dass ich deinetwegen die Dienstmarke abgegeben habe?
FRITTEN FRED BURGER
Ich will dir helfen!
Du … mir?
Genau! Aber unter einer Bedingung! Dieses Mal spielen wir…

„…nach meinen Regeln!“
BRUMM
SAFT
Na, wen haben wir denn da?
Ist der nicht wieder hinter Gittern?
Den guten Karlo!
LIMO
Und nicht nur den!
Knurr!
Was treibt dich her, du alter Hund?
Geschäfte natürlich!

Sehr gut! Mit dir mach ich immer gern Geschäfte! Und wer ist das da?
Pah, zufällig ist „das da“…
SAFT
… Arni, der schweig-same Vollender!
Nie von gehört! Aber wenn er mit dir hier ist…
BOING
Keuch!
PAFF
MAYO
Also, womit kann ich dienen?
Mit Informationen!
BLUBBER LUTSCH
Wir brauchen ein paar „druckfrische“ Grüne für eine Sache im ganz großen Stil!
Ich wüsste da jemand mit ein paar „waschechten“ Scheinchen. Aber mir will der Name nicht einfallen…
LIMO
Vielleicht hilft das deinem Gedächtnis auf die Sprünge?
Ja, ich sehe gleich etwas klarer!
LIMO

Da wären wir! Versuch dich diesmal unauffällig zu benehmen! Nicht wie neulich Abend!
Was bitte war auffällig daran, ein Mineralwasser und einen Kamillentee mit Süßstoff zu bestellen?
OBST
GEMÜSE
WIR AKZEPTIEREN KEINE SCHECKS, KREDITKARTEN ODER BARGELD.
FAULE FRÜCHTE
NIMM 2, ZAHL 3!
VON MONTAG BIS SONNTAG GESCHLOSSEN
Psst… Ich vermute, dieser Laden hier ist nur Tarnung.
Ach was! Wie kommst du denn darauf?
Tag auch… ich hätte gern etwas grünen Salat! Wo finde ich den?
Erstes Regal rechts… in dem Laden gegenüber!
NIMM 2, ZAHL 3!
Das ist ein Missverständnis! Ich hätte gern die grünen Salatblättchen aus eigenem Anbau!
NIMM 2, ZAHL 3!
Karlo! Warum sagst du das denn nicht gleich. Gehen wir runter! Der Chef wird sich freuen, dich zu sehen!
KOMME NICHT GLEICH WIEDER
QUIEETSCH

Frank, der Buchdrucker! Das alles hier geht also auf dein… Konto?
Haha, Karlo! Immer zu Scherzen aufgelegt!
Das ist wohl dein neuer Gehilfe! Arnold…
…der schweigsame Vollender!
Wie ich sehe, treibt euer Geschäft die schönsten Blüten!
Mein Onkel Ernesto wäre stolz auf mich! Er wollte so gern, dass ich mein Talent… zu Geld mache!
Letzte Woche hätten uns fast die Bullen geschnappt! Wenn da nicht zwei total dämliche Polypen gewesen wären…
Seufz!

Ich hoffe, du hast mir die Sache mit den Klunkern aus der Sammlung Diamantis nicht verübelt!
Aber nicht doch!
Aber doch!
Das Geld, mit dem du sie mir abgekauft hast, war wirklich gut!
So gut, dass ich es dir gern in den Rachen gestopft hätte!
Ähm… ein bedauerliches Missverständnis!
Aber lassen wir doch die Vergangenheit ruhen! Ich hörte, du hast mir ein Geschäft vorzuschlagen?
Stimmt, aber vorher…
…muss ich dir was zeigen!
?
Arni, könntest du den Koffer holen, den wir im Auto gelassen haben?

Scheint mir ganz patent, dein Partner!
Absolut…
…ein sehr patenter Polizist!
Ein Polizist?!
Das ist Oberwachtmeister Arnold Schwartenäcker! Ich habe sein Versteckspielchen mitgespielt, um euch warnen zu können.
BAMM
Er ruft da oben jetzt die Zentrale an!
Also bleiben uns nur ein paar Minuten, um…
…zu tüüüürmen!

Also? Ist die Luft rein?
Ähm…
Wohl eher nicht!
Braucht ihr eine Mitfahrgelegenheit?
Wir sind immer bereit, zur rechten Zeit am rechten Ort zu sein!
Knurrr!
Tut mir leid, Frank!
Nimm's nicht so schwer! Ist doch nicht deine Schuld!
Tröste dich! Wer weiß, was er dir für die Warnung abgeknöpft hätte!

Wollen Sie eine Aussage machen, Herr Karlo?
Aber sicher doch, Wachtmeister Arni!
Deine Darstellung war fabelhaft! **Harharhar!**
Und du hast einen Oscar verdient! **Hehe!** Frank und seine Leute sind dir voll auf den Leim gegangen!
So wird außer uns niemand erfahren, dass du einem Bullen geholfen hast.
Nein!
Ich habe keinem Bullen geholfen!
Ich war einem Freund behilflich!
Danke!
Bevor sich unsere Wege trennen, möchte ich dir ein Geschenk übergeben! Oder eher eine Erinnerung!
He, was ist denn das?

P
P
ENDE

Created 1990

Giorgio Figus (Story), **Comicup Studio** (Zeichnungen)

...das Versteck eines furchtlosen Agenten des DGDs!
Der DGD (Duck'scher Geheimdienst), eine einflussreiche Institution zur Verteidigung von Dagobert Ducks Vermögen.
DGD
Und das sind Agent IQ 001, alias „Der Schrecken seiner Feinde“...
Gleich ist es wieder soweit!
...und Agent IQ 001/2, alias „Der Schrecken seiner Freunde“...
Du meinst das jährliche Geheimagententraining?
Ja! Onkel Dagobert dürfte uns jeden Moment einberufen.

Und wie?
Das weiß man bei ihm nie so genau!
Beim letzten Mal schickte er mir per Fallschirm einen angehängten Zylinder…
DD
…der bei meinem Nachbarn durch das Fenster flog und in dessen Suppe landete…
Ein anderes Mal war die Nachricht in einem Keks versteckt…
KRUNSCH
Und wieder ein anderes Mal… uh?
DING DONG

Ein Eilbrief für Herrn Donald Duck!
!
Dieses Mal einfach per Post?
RATSCH
Lies vor!
Es ist nur eine Rechnung. **Seufz!**
Pah! Nichts hindert mich an einem entspannten Fernsehnachmittag.
KLICK
Schön, diese Streifen, aber entspannend ist das nicht!
RAAUUUSCH
Grrr! Bestimmt wegen meines Nachbarn, dem Amateurfunker.

Wenn er seine Finger im Spiel hat, empfange ich nur Interferenzen!
BRRTTTZZZ
Geigen wir ihm die Meinung!
Jawohl!
Ächz! Auch wenn er sein Funkgerät vor zwei Wochen verkauft hat…
…hätte er das netter sagen können!
Die Antenne könnte schuld am schlechten Empfang sein!
Vielleicht hat der Wind sie verdreht…

Uack!
WUSCH
KRACK
Nein!
PLATSCH
Oh, das Telefon!
RIIING
Das war Onkel Dagobert. Wir müssen zu Versteck 5!
Wer weiß, was uns erwartet…
…und weshalb er uns angerufen hat.
313

Jemand zu sehen?
Niemand!
EMIL ERPEL
Dann los!
Hoffen wir das Beste!
RUTSCH
Wurde ja auch Zeit!
POFF
Wieso hast du das Telefon benutzt?
Weil ihr jeden anderen Hinweis ignoriert habt!
DGD
POFF

Hinweis?
Welchen denn?
Grrrr!
Die Interferenzen! Steht alles im Regelwerk.
Uff!
Es handelt sich um Aufruf 27 a, Absatz 2.
Aber lassen wir das! Kommt mit!
Hier sitzt mein Problem: Professor Propan.

Sehr erfreut!
Schnaub!
Schluss damit! Erzählen Sie, was Sie erfunden haben.
Nun…
Ich arbeite als Forscher für euren Onkel.
„Ich sollte eine neue Art Treibstoff erfinden…“
„…doch stattdessen gewann ich einen Stoff mit völlig anderen Eigenschaften!“
Was für Eigenschaften?
Er zerstört Gold!

Wirklich?
Ja, bis aufs letzte Molekül.
Und das ist noch nicht alles! Nachdem er es getestet hatte…
…ließ er sich das Anti-Gold-Serum stehlen!
!
PATSCH
Hast du einen Verdacht, wer es war?
Ja! Die Männer von **Blonk**.
Die gefürchtete Organisation?
Genau die!

Nicht auszudenken, was solch ein Serum für Schaden anrichten kann!
Ihr müsst es zurück-holen!
Wofür bezahle ich euch?
Als ob das so einfach wäre.
Apropos, die letzte Gehaltserhöhung liegt…
Keine Zeit für Diskus-sionen!
Herr Düsentrieb zeigt euch den Plan.

Und so…
QUIETSCH
?
VVRROOOOMM
Oha!
VVRROOOOMM
Wo ist die gute alte Zeit hin, in der man noch ungestört lesen konnte?
PATSCH
Sind sie gestartet?
Ja!

Schaffen sie es?
Ich hoffe es! Wenn nicht sie, wer dann?
Die beiden Agenten sind auf dem Weg in die Pickelberge.
Laut unseren Informanten hat **Blonk** das Serum in dieses Städtchen gebracht.
Apropos, haben Sie ihnen gesagt, dass wir das diesjährige Training verschoben haben?
Oh, das habe ich vergessen…
Sagen wir es ihnen, wenn sie zurück sind!

Wenn…
Später…
Wir sind fast am Ziel!
Huch!
SPRENGGG
HILFEEE
Zum Glück haben wir Fallschirme!

Aua!
WUMM
Ihr habt zehn Sekunden, um in Deckung zu gehen…
?
HECHT HÜPF
BOOOM
Glück gehabt!
Haarscharf!
Ziemlich anstrengend für ein Training.
Absolut!

Diesmal hat sich Onkel Dagobert selbst übertrof-fen!
Aber hallo!
Er hat sogar ein Anti-Gold-Serum erfunden.
Ich verstehe nur nicht, wieso er uns in die Berge schickt.
Herr Düsentrieb sagte etwas von einer Villa.
Doch wo ist sie?
MOLKEREI
BROT & MILCH
Da, die Agenten vom alten Duck!

Los, öffnen wir den Lieferwagen…
Gute Idee!
ZWINGER VON BOBO
Schnapp sie dir!
GRRRRRRR
ZWINGER VON BOBO
GRR
HAPS
ROAR
FLETSCH
Möchtest du einen Erdbeerlolli?
EREEEMS
Gut, was?
SCHLECK
MAMPF
SCHMATZ
O nein… sein einziger Schwach-punkt!

Ist ja schon gut, mein Kleiner!
LECK SABBER LECK
Wie süß er ist!
Lass uns gehen!
Onkel Dagobert hat geschlampt.
Ja, den Hundetrick hat er schon vor
Ja...
...aaaaaahhh!
!
?!
SSSBRAAANNNGGG

Verflixt! Schon wieder versagt.
Ich finde, er übertreibt!
Ja, für ein Training ist das viel zu gefährlich.
!
KULLER KULLER KULLER
Hmm… was könnte das sein?
Keine Ahnung!
Los, zünde sie endlich!
Ächz! Der Schalter klemmt.
Weg mit der komischen Büchse!
KICK

Neeeiiin! Nicht!
KLICK
KAWUMM
Noch so ein Reinfall und ich kün-dige!
Ich auch!
Was war das?
Vielleicht ein Knallfrosch?
Da wären wir! Das Serum müsste sich in dieser Villa befinden.

Wie kommen wir da unbemerkt rein?
Hmm...
Ich weiß es!
Wirklich?
Wir machen es wie folgt... psst...
In der Villa...
Dieser Stoff macht uns reich!
Hehe!
Damit lassen sich alle Banken der Welt erpressen!

Was zum…
?!
A-aber…
PATSCH
Rasch! Schlag Alarm!
DING DONG
DANG DUNG
DING DANG
DING DANG
Raus hier!
Aua!
Wo brennt es?

Mit einem Angriff durch den Lüftungsschacht…
…haben sie nicht gerechnet!
Mein Orientierungssinn sagt, dass wir hier nach rechts müssen.
Huch! Es geht **abwäääääääärts…**
Wie?
Aaaah!

PLATSCH PLATSCH
So viel zu deinem Orientierungssinn.
Verschwinden wir besser von hier!
Vielleicht steht ein Auto in der Garage.
Uff, japs! Das nenne ich Glück!
Besser als ein Tretroller ist es allemal!
Schneller, Donald! Wir werden verfolgt.

Da
rein!
Hier kommen
sie nicht
durch…
Brems! Wir sind etwas zu
schnell!
Was
glaubst du,
was ich tu?
Heißt
das…
Die Bremsen
versagen!
Hilfeee!
?!

DONG
Die Ampulle ist zum Glück unversehrt!
Ja. **Ächz!**
Da vorne ist der Bahnhof!
Der Zug nach Entenhausen geht in einer Minute.
Sehr gut!
Jetzt sind wir sie los.
Ein Glück!
Dieses Training war wirklich anstrengend.

Setzen wir uns und…
Uack!
Wieder die!
RUMS
Weg hier!
Sack-gasse!
Oh, oh!
Mir nach, Dussel…

Und nun?
Das wird uns retten!
Bist du sicher, dass…
Sieh her!
ZACK
FLOPP
KLICK
WUPP
?!
KLAPP
Steig schnell ein!
!
SWUUSCH

Ein aufklappbarer Düsensegler von Herrn Düsen-trieb.
Na sowas!
Werde nicht frech, Dussel!
Ich finde, sie haben ihre Rolle gut gespielt.
Schließlich…
Ich kann es kaum glauben!
DGD
DGD

Ihr wart groß-artig!
Ebenso! Ihr habt euch…
…diesmal ganz schön was ein-fallen lassen.
Ein fabel-haftes Training!
Aber nein… ihr müsst wissen…
Nicht so bescheiden!
Nun brauchen wir das gefärbte Wasser ja nicht mehr…
!
NEIIIIIIIN
KLIRR
!
Der Weltunter-gang!
DGD
DGD

Tun Sie was, Herr Düsentrieb!
Hm…
Ich befürchte…
…das war echt!
Schnell weg, solange wir noch können!
Und wo sollen wir hin?
Es gibt nur einen Ort, an dem wir sicher sind.
Chef! Draußen sind zwei Agenten des DGD. Sie wollen unserer Organisation beitreten.
?!
ENDE

Bruno Sarda (Story), **Marco Meloni** (Zeichnungen)

…Kleinstein, der den berühmten Fall der gestohlenen Mikrofilme im Raumfahrt-zentrum löste!
KLATSCH
Macht Platz!
KLATSCH
KLATSCH
Pah! Ein arroganter Angeber.
KLATSCH
Nächstes Jahr gewinne ich! Kann ich ein Autogramm haben?
Fürchten Sie meine Konkurrenz nicht, Miss?
Bitte auch ein Autogramm! Es gingen mir zwar viele Fälle durch die Lappen, doch mit meinem außergewöhnlichen Spürsinn rechne ich mir große Chancen aus…
Schluss mit dem Quatsch, Bogart! Sie sind ein lausiger Detektiv und unser Klub toleriert das schon viel zu lange!

Wenn Sie in den nächsten 48 Stunden keinen Fall lösen, sind Sie raus!
Das schaffe ich nie!
Wie peinlich… und auch noch vor meinem Idol Phantomias!
Warten Sie! Wollten Sie nicht ein Autogramm?
Hier… und Kopf hoch! Ich bin mir sicher, Sie finden eines Falles Lösung.
Ich denke, der Vorsitzende hat recht, ich bin ein Versager!
Wenn ich diesmal scheitere, wird es Zeit, den Beruf zu wechseln. **Seufz!**
Armer Hubert! Ich kann ihn doch nicht so einfach im Stich lassen!
Und wenn ich ihm helfe, einen Fall zu lösen? Natürlich nur indirekt.

Das gibt ihm vielleicht wieder mehr Vertrauen in sich selbst…
„…damit er in Zukunft keine Hilfe mehr nötig hat!“
Seit Stunden stehe ich hier und es kommt nicht ein einziger Kunde.
Hmm… wurde auch Zeit!
Oha! Ein Klient, ich spüre es!
RIIING
MICKY MAUS
CHIPS
Detektivbüro Hubert Bogart, guten Tag!
Meinem Bienen-Spion entgeht keine Silbe!
Hier ist Luigi von der Pizzeria Coleone! Wenn Sie Ihre Schulden nicht bald begleichen, gibt es keine Pizza mehr!
Armer Hubert! Wenn nicht bald etwas passiert…

…wird er in den nächsten Stunden keinen Fall gelöst haben!
Und so, später…
Wenn Hubert keine Klienten hat, muss ich eben einer werden!
Und wem gelingt das besser als Phantomias, dem Meister der Täuschung?
DETEKTIVBÜRO HUBERT BOGART
Die mysteriöse Museumsbande hat wieder zugeschlagen. Diesmal in der Pinakothek…
…man beschloss, diesen schweren Fall…
Das ist nicht Huberts Stimme! Mal sehen, was…
HUBERT BOGART DETEKTIVBÜRO
…dem großen Detektiv Kleinstein anzuvertrauen.
Schnaub! War ja wieder klar.

Verzeihung, störe ich?
Oh... nein, kommen Sie rein!
Verzeihen Sie das Chaos, ich habe viel zu tun.
Ich hoffe, Sie haben noch Zeit für meinen Fall!
RASCHEL
Ich heiße Alfred Quack und bin Antiquitätenhändler auf der Durchreise.
Ich wollte diese kostbare Ming-Vase verkaufen…
Sagen Sie nichts: Ich wette, sie wurde gestohlen.
Bravo! Ich wusste, Sie sind der Richtige.
Wo trug sich der Raub zu?
Auf einer Parkbank! Ich bin einen Moment eingenickt und als ich erwachte, war der rote Koffer mit der Vase verschwunden.

Führen Sie mich dorthin… ich muss den Fall bis morgen lösen!
Oh, welch Eifer!
Später, im Park…
Hmm… keine Spuren zu finden…
Dabei steht er genau drauf!
PT
Hüstel… Sie stehen auf...
Am liebsten Pizza Speziale, aber… oh, eine Mütze!
PT
Ist das Ihre?
Definitiv nicht! Ich gehe nicht ins Fitnessstudio in der Laufstraße 12, Entenhausen.
PT
Das ist der Ort, an dem er seinen nächsten Hinweis findet, den ich mithilfe von…
„…Arnold vorbereitet habe!“
Wenn dein Freund hier aufkreuzt, sage ich ihm, dass der Besitzer der Mütze im Vier Jahreszeiten verkehrt.
PT
TRAINER

Danke, Arnold!
Ist mir eine Ehre, dir behilflich zu sein!
FITNESSSTUDIO
TRAINER
So wird er der Vase Indiz für Indiz auf die Spur kommen und sie dort finden, wo…
„…ich sie versteckt habe. Und somit wieder Vertrauen in seine Fähigkeiten erlangen!“
Diese verlassene Villa ist das ideale Versteck für eine wertvolle Vase.
VILLA ROSAROT
Hehe! Apropos kostbar… ich habe die Vase für…
„…zwei Taler im Ausverkauf erstanden!“
Da kann man nicht meckern.
ALLES 2T
2T

Oh… da steht ja ein Name drin.
Gut gemacht.
JACK
Hmm… irgendetwas lässt mich zweifeln. Die Mütze ist ziemlich schmutzig!
Er stand ja auch drauf!
Es handelt sich sicher um ein Ablenkungsmanöver. Deshalb suche ich nicht im Fitnessstudio…
PT
…sondern sehe mich auf dem Schwarzmarkt um! Unser Dieb hat sie bestimmt dort gekauft.
Sind Sie sicher, dass…
Lassen Sie mich nur machen, Alfred! Ich erwarte Sie morgen in meinem Büro… um Ihre Vase abzuholen!
Grummel! Ich muss vor ihm dort sein! Zum Glück ist Phantomias Auto flugfähig…

„…und der Kofferraum voller nützlicher Accessoires und Kostüme.“
Wucher! Zehn Taler, damit er mir kurz seinen Stand überlässt.
Haben Sie einem gewissen Jack so eine Kappe verkauft?
Wenn Sie den mit der Narbe meinen, dann war ich es.
Er war mit einem finsteren Typen zusammen. Sie wollten ins **Vier Jahreszeiten**.
Die angesagteste Disco Entenhausens?
Wir sind wieder auf Kurs.
Ich glaube ja, Kumpel!
Das ist genau das, was ich glauben soll, aber nicht mit mir! Die beiden wollten sicher eine Pizza essen… Das will jeder!
POCK

Eine Pizza? Wo?
In der Pizzeria Vivaldi natürlich!*
*Komponist der Symphonie „Die vier Jahreszeiten“.
Und so…
Dieser Fall kostet mich Nerven!
Besser ich überspringe ein paar Hinweise und komme zum letzten!
Ober! Eine Speziale… und eine Info.
ENTENKURIER
DIE BERÜCHTIGTE MUSEUMSBANDE MACHT VOR HEIMAT-KUNDEMUSEUM NICHT HALT
Kam hier ein Kerl mit Narbe vorbei?
Sicher! Und er saß am selben Platz wie Sie.
Er war in Begleitung eines grimmigen Kerls mit rotem Koffer… schien etwas Wertvolles darin gewesen zu sein.
Das ist er!

Sind Sie Polizist?
Nun… nein. Privatdetektiv.
Oh, verzeihen Sie, aber ich mag es nicht, wenn etwas auf dem Boden liegt…
Halt! Nicht weg-werfen!
In Entenhausen verbindet jeder diesen Namen mit der Villa, in der einst der edle Spanier namens **Don Juan** lebte.
BARON VON ROSAROT 24 STD.
Jetzt ist sie verlassen und wäre das perfekte Versteck für einen Diebstahl. Ganz offensicht-lich!
Wie aufregend! Ich habe zur Lösung eines Falls beigetragen.
Ja, irgendwie… bringen Sie mir die Pizza!

Endlich habe ich ihn auf die richtige Fährte geführt! Jetzt…
„…bereite ich den letzten Teil unseres Plans vor!“
Ich warte drinnen auf Hubert…
…in dem Zimmer, in dem ich die Vase versteckt habe…
…verkleidet als fingierter Jack. Wenn Hubert mich sieht, werde ich erschrocken fliehen…
…und die Vase gut sichtbar auf dem Tisch stehen lassen.

Doch, um ein Uhr…
Grrr! Ich habe das Warten satt. Wo bleibt er?
WUSCH
Vielleicht hat er wieder einen seiner verblödeten Schlüsse gezogen.
Meine App meldet, dass es in der Nähe eine Ortschaft namens Rosarot gibt. Doch welche Verbindung könnte Hubert gezogen haben zu…
„…dem Begriff Baron?“
Das wäre nicht das erste Mal, dass man eine falsche Fährte legt!
BAR 1 ONE
Die Diebe befinden sich bestimmt hier drin. Ich stelle ein paar indirekte Fragen, um mich nicht verdächtig zu machen.

Wissen Sie, wo ich eine Ming-Vase bekomme?
Wie war das?
Äh… wenn Sie chinesische Vasen nervös machen, gehen auch griechische…
Auf ihn! Er hat uns entlarvt.
Und so…
Wie hast du uns gefunden?
Bist du allein oder hast du Verstärkung?
Ich weiß nicht, wovon ihr sprecht! Ich bin hier, weil Alfred Quack…
Schluss mit diesem Quack!
Deine Geschichte stinkt zum Himmel!
Wenn du nicht mit uns reden willst…

...dann vielleicht mit unserem Kumpel Knochen-knacker!
KLONK
Will noch einer mit meinem Bumerang Bekanntschaft machen?
Jetzt wissen wir, wer ihn geschickt hat!
Phantomias?
Weg mit dem Ding!
ZAPP
Wie findet ihr meinen Schnappstrahler?

Große klasse, Phantomias! Ein Glück, dass du hier bist.
Ich war zufällig in der Gegend, als ich durch das Fenster sah, was hier abging.
In Wirklichkeit kam ich, weil ich im Entnet herausgefunden habe, dass es in Rosarot eine Bar One gibt.
Und den Rest spare ich mir.
Was tun Sie hier?
Ich wurde wegen einer gestohlenen Ming-Vase beauftragt, als ich unfreiwillig in die Hände dieser Bande von Hehlern geriet.
ZACK
Als ich gerade ein paar Fragen stellen wollte, sind die vier Gauner…
Vier?

Eins, zwei, dr…
KLIRR
Autsch!
Ein Glück, dass ich hinter dem Tresen stand!
Oh, oh! Ich vergaß den Barmann.
Sobald ich euch befreit habe, kümmern wir uns um die beiden!
Wenn ich doch nur an die Glasscherben herankäme…
Phantomias weiß, wie man Knoten bindet…
DENG
BAR 1 ONE

Auch wenn ich kein Barmann bin, kann ich mit einem Tablett umgehen!
Und so…
Ich wette, hier ist auch eure Beute versteckt. Los, redet!
Nicht nötig, sie zum Reden zu bewegen. Mein Detektor hat etwas gefunden…
DING DING
In der Tat, eine Kellerluke!
KLACK
WUPP
„Das ist ja die reinste Schatzkammer hier!“
Schluck! Heißt das, wir haben die berüchtigte Museumsbande geschnappt?
Sieht ganz danach aus! Und wenn man erfährt, dass Sie sie aufgespürt haben, werden…

„…Sie die Titelseiten sämtlicher Zeitungen schmücken! Der Klub der Detektive wird stolz auf Sie sein."
MUSEUMSBANDE GESCHNAPPT, HUBERT BOGART DECKT AUF
Am Ende haben Sie sogar zwei Fälle gelöst.
Meinst du die Ming-Vase befindet sich auch hier?
Möglich! Sie suchen hier, ich oben!
Ich hole schnell die Vase aus dem Kofferraum meines Autos.
Gleich darauf…
Ist sie das? Die stand unter dem Bartresen.
Hurra! Wir haben sie!
Was ist los? Stimmt etwas nicht?
Doch, doch… ich habe nur etwas Seltsames entdeckt…
Ich wusste nicht, dass die Chinesen der Ming-Dynastie bereits Englisch sprachen.
MADE IN CHINA
ENDE

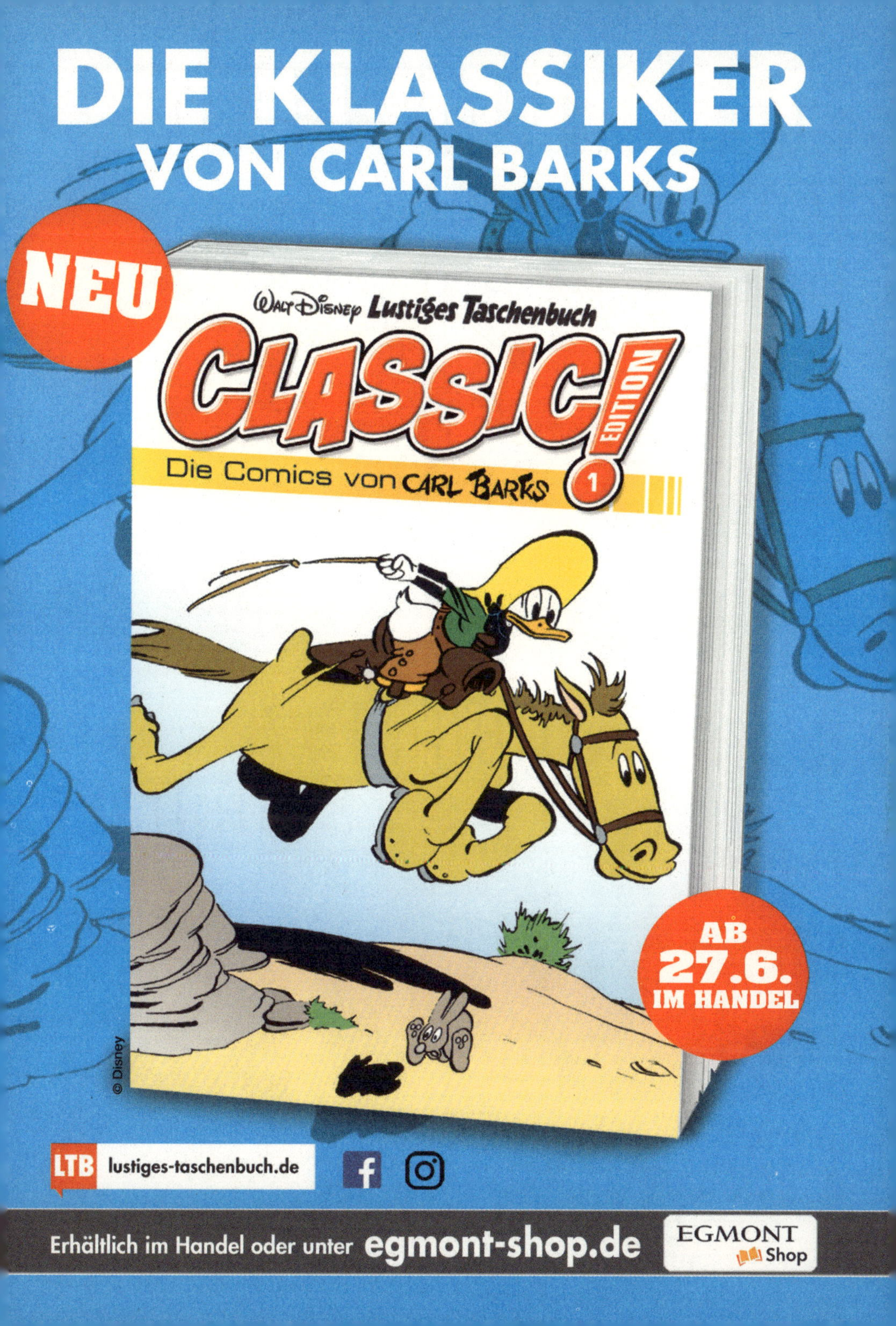
DIE KLASSIKER
VON CARL BARKS
NEU
Walt Disney Lustiges Taschenbuch
CLASSIC! EDITION
Die Comics von CARL BARKS
1
AB 27.6. IM HANDEL
© Disney
LTB lustiges-taschenbuch.de
Erhältlich im Handel oder unter egmont-shop.de
EGMONT Shop

DIE KOMPLETTE K
CRIME
1
CRIME
2
CRIME
3
CRIME
4
AB 16.8.
CRIME
5
AB 11.10.
CRIME
6
AB 13.12.
ERHÄLTLICH IM HANDEL ODER UNTER
www.egmont-shop.de/ltb-crime